運命の子

トリソミー

短命という定めの
男の子を授かった
家族の物語

松永正訓
Matsunaga Tadashi

小学館

運命の子

トリソミー

短命という定めの男の子を授かった家族の物語

目次

カバー写真提供　Getty Images
ブックデザイン　鈴木成一デザイン室

運命の子　トリソミー

短命という定めの男の子を授かった家族の物語

はじめに

染色体異常を持った多発奇形の赤ちゃんが産まれたとする。目も見えず、耳も聞こえず、ミルクを飲むこともできない。脳の発育は胎児期に停止している。何度も無呼吸発作をくり返し、いつ命が果てるかわからない。こういった赤ちゃんを授かった時、私たちはどうするだろうか。自宅で呼吸が止まる可能性を承知の上で、家に連れて帰るだろうか。それとも亡くなるまで病院で診てもらうだろうか。あるいは、赤ちゃんを我が子として受け容《い》れることができないかもしれない。

一九八七年から二〇〇五年まで、私は、千葉大学医学部附属病院の小児外科チームの一員として自分の体力の限界まで働いてきた。産まれて間もない八十八人の新生児を含め、およそ千八百人の子どもの体にメスを入れた。私は、幼き生命に対して単純な理想主義者だった。ただひたすらに子どもの命を救うことだけを考え、質の高い手術をおこなうことが自分に与えられた使命と思っていた。目の前に、外科的疾患や奇形を有する子どもがいれば、まるで本能のようにメスを握って病気に立ち向かった。

だが私には、その十九年の中で一度だけ赤ちゃんの命を見放した経験がある。いや、もう少し正確に言うと、治療をやめるどころか赤ちゃんの死に加担するようなことをこの手でやったことがあった。

それは一九九三年の真夏のことだ。私は、先天性食道閉鎖として産まれてきた赤ちゃんの胸を開き、閉ざされた食道と食道を縫い合わせた。そしてミルクの投与ルートとして赤ちゃんのお腹を開き、「胃瘻《いろう》」と呼ばれるチューブを胃の中に入れる手術をおこなった。ところが手術が終わったあとに、その赤ちゃんは18トリソミーという致死的な染色体異常があることが判明した。この当時、致死的染色体異常を持った赤ちゃんに医療行為をおこなうことは、いたずらに命を引き延ばすだけの過剰な医療であり、親にとって残酷なことだと考えられていた。

小児外科と新生児科の合同会議の結果、この赤ちゃんには「ミルクと点滴」以外の医療はなされないことが決まった。そのミルクも口から飲むという原則になった。私は上司の命令に従って、手術後一週目に赤ちゃんの胃瘻チューブを引き抜いた。赤ちゃんはミルクを飲むという意志がほとんどなく、やがて呼吸が弱り、その命は一カ月で果てた。チーム医療の一員としての行動とは言え、胃瘻を引き抜いた私の両手には罪悪感が貼り付いた。医師になって七年目のことだ。

13トリソミーや18トリソミーという言葉を、皆さんはほとんど耳にしたことがないだろう。では流産を経験した女性の話はどうか。私たちの身の周りには、流産の体験者が時としているだろう。流産の原因は一つだけではないが、その多くが赤ちゃんの染色体異常だ。人の染色体は一つの細胞の中に四十六本が納まっている。父親から二十三本、母親から二十三本受け継いで人間の命は誕生する。だが時にしてこの染色体の数に異常が起きる。そうなると胎児は生き続けることができない。

染色体は、顕微鏡で観察した時に大きいものから順に1番染色体、2番染色体と数字が付けられている。このうち、13番染色体、18番染色体、21番染色体が三本ある胎児は必ずしも流産にならずこの世に生を受ける。染色体が三本ある状態をトリソミーと言う。13トリソミーは、五千から一万二千人に一人の割合で産まれる。18トリソミーは、三千五百から八千五百人に一人の頻度だ。21トリソミーは、千人に一人の割合だが、母親が四十歳になると、百人に一人の割合に跳ね上がる。

21トリソミーとはダウン症のことだ。程度の差はあるが知的障害を伴う。だが最近の医療レベルの向上に伴ってダウン症の子どもたちは長期に生きることが当たり前になった。皆さんの周囲にもダウン症の子どもや大人を見かけるだろう。

しかし13トリソミーと18トリソミーは、ダウン症とはまったく異なる染色体異常だ。様々な複雑な奇形を伴い、赤ちゃんの命は短い。半数以上の赤ちゃんが生後一カ月までに命が果てる。一歳を超えて生きる子は全体の十%だ。妊娠中に13トリソミーや18トリソミーと判明し、その後、流産や死産になることも多い。

だから歴史的には、13トリソミーと18トリソミーというのは、いわば見捨てられた病気だった。

一九八七年に、ある大学病院の新生児科が「新生児の治療方針の決定のためのクラス分け」というものを発表した。13トリソミーと18トリソミーはこの「クラス分け」で、「現在行っている以上の治療は行わず一般的養護に徹する」疾患に分類された。わかりやすく言えば、積極的な治療はおこなわないということだ。この「クラス分け」は、不幸なことに、あたかも「ガイドライン」のごとく日本全体の新生児医療に広がった。私が18トリソミーの食道閉鎖の手術をおこなったのはこの頃にあたる。

しかし、二〇〇〇年以降に少しずつ考え方が変わっていった。私は学会の研究発表を聞いて、13トリソミーや18トリソミーの赤ちゃんに対してできる限りの治療をおこなえば命が延びること、場合によっては自宅で生活ができることもあると知った。だが短い命を少しだけ長くすることの意味を私は測りかねていた。それはあくまでも一部の医師たちの試みであって、医学界の主流にはなりきれていないというのが私の印象だった。

二〇〇六年に私は開業医となり、小児医療の最前線から離れた。そして、二〇一一年の秋の一日、ある依頼が私に届いた。13トリソミーの重度の多発奇形の赤ちゃんが自宅へ帰って介護を受けるので、地元の主治医になって欲しいというものだった。赤ちゃんはすでに生後七カ月に育っているという。寝たきりで、重い障害を持つ赤ちゃんを両親は受け容れて、最期の瞬間を自宅で看ることも覚悟しているということだった。

私には疑問だった。「短命」と定まっている赤ちゃんを育てることで、家族はどのような形の幸せを手にすることができるのであろうかと。

大学病院を退職した時に、私は大きな悔いを抱えていた。それは「障害新生児の生命倫理」に対して自分なりの解答を見付けられなかったからだ。

いくつもの重い奇形や障害を持った赤ちゃんが産まれたとする。肺や消化器の奇形は手術をしないと、ひと月も命が保《も》たない。手術のあとで命を長らえたとしても、その子には知能や運動機能に障害が残る。すると家族によっては手術を拒否することもある。私たちは必死になって親を説得し手術の同意を得るが、では、その赤ちゃんが自分の子であったら、小児外科医はどう考えるのだろうか？

そういうことを小児外科医の仲間同士で話し合ったこともあった。もしや、他人の家族には手術をおこなうことを説得しておきながら、自分の赤ちゃんだったら、障害児を引き受けることを拒否するのではないだろうかという気持ちが、自分たちの心の中にあるような不安を感じることもあった。だが私はそういう自己の心と正面から向き合うことなく、大学病院を退職し、メスを置いたのだった。

障害児を授かるとは一体どのようなことなのだろうか。その不条理な重みに人は耐えられるのか？　受け容れ、乗り越えることは、誰にでも可能なことなのだろうか？　この問いかけに答えるために、福祉のあり方や社会の仕組みを深く考察していくのも一つの方法だろう。あるいは宗教や哲学の中に疑問を解くヒントが含まれているのかもしれない。だがそれよりも、この13トリソミーの赤ちゃんの家族の言葉に耳を傾け、その言葉の一つひとつを丁寧にすくい上げていけば、何らかの答えが得られるのではないかと私は思い至った。そして家族から話を聴いていくこと自体が、13トリソミーの赤ちゃんの生命を鼓舞し、家族への勇気になると考えた。

妊婦が高齢化し、少子化が進む現在の日本で、私たちは産まれてくる命を選別しようとする気持ちが今まで以上に強くなっている。その一方で、障害を持って産まれてくる子に対しても、真剣に向き合おうとしている夫婦もまた増えているように思える。

私は、この子を通じて今という時代が示す命の形が見えてくると考えた。13トリソミーの家族の歩みを大河の流れのように本書の中心に置き、その河に交わるような様々な障害児の家族の話にも耳を傾け、私は、命を巡る会話を重ねていくことになった。


なお、本作において、私は熟慮の末、主人公である13トリソミーの赤ちゃんのご両親の敬称を略させて頂いた。自宅へ訪問するようになってから一年以上が経過し、私たちの精神的な距離が近くなり、作中で敬称を付けて呼ぶには余りにも他人行儀で面映ゆさを感じるからである。もちろん、お二人もそのことに同意してくれたことを附記しておく。

第一章　十八年ぶりに出会う患者

1　クリニックへの電話

二〇一一年九月三十日に、クリニックで診療中だった私に電話が入った。ちょうど患者が途切れたのを見計らい、看護師が私に電話の子機を手渡した。千葉市立海浜病院の新生児科部長からだった。総合病院の新生児科から電話がかかってくることにも驚いたが、その内容に私はさらに驚いた。

新生児科の部長医師は硬い声で、13トリソミーの赤ちゃんが近いうちに退院して在宅医療になるので、何かあった時によろしくお願いしたいと言った。赤ちゃんの名前は朝陽《あさひ》君。生後七カ月になっているらしい。

私は、簡単には引き受けられなかった。13トリソミーの赤ちゃんの命は、いつ消えてしまうかわからない。何かあった時というのは、心停止した時に、私に蘇生をお願いしたいということなのだろうか。そんなことはとても私の小さなクリニックではできない。そもそも、13トリソミーの赤ちゃんを自宅へ帰して開業医に診させるというのは、無責任ではないかとさえ思ってしまった。だが詳しく話を聞いてみると、そういうことではなかった。

新生児科の部長医師は、朝陽君の奇形の数々を細かく説明してくれた。「小眼球症」「左外耳道《がいじどう》閉鎖」「先天性難聴」「口唇口蓋裂《こうしんこうがいれつ》」「多指症」「停留精巣」「動脈管開存」「脳低形成」。だがところどころよくわからない部分もあった。特に朝陽君の腎臓から膀胱、尿道までの奇形に関しては不明な点があった。治らない病気に対して徹底的に精密検査をするということは無意味だから、それは仕方ない。だが仮に腎臓が正常だとしても、朝陽君の多臓器に及ぶ奇形はかなり重篤だった。朝陽君は飲み込むという動作ができない。栄養は、鼻から胃の中へ入れた細い管（胃管）を使って投与されていた。在宅医療はかなり難しい。特に無呼吸発作が心配である。突然呼吸が止まったら一体どうするのだろうか。

私は矢継ぎ早に新生児科部長に質問を浴びせていた。

「親は、病気の深刻さがわかっているのですか？」

「胃管が抜けたら、母親は自分で管を入れられるのですか？」

「誤嚥《ごえん》性肺炎や尿路感染を起こしたら、まず、私が診るのですか？」

「心臓が止まった状態でうちのクリニックに来る可能性もあるんですか？」

「私の役割は具体的には何ですか？」

だが部長医師の答えは呆気なかった。

家族は、朝陽君の予後の厳しさをきちんと理解している。胃管も自分で入れられるし、呼吸が止まったら酸素バッグを押すこともできる。そして心臓が止まった時には、救急車で海浜病院へ来ることになっていると。

それでは私の役割は益々わからない。部長医師は言う。

「だから、まあ、何かあった時。調子が悪くて海浜病院へ行くかどうか迷うような時に診てあげてください。あとは、予防接種」

予防接種？　私には、13トリソミーの赤ちゃんに予防接種をうつという発想はなかった。

私が大学病院に勤務していた頃、外科疾患を持った新生児に13トリソミーや18トリソミーが合併していると判明すると、治療は潮が引くように縮小されていった。自然死に近い形で息を引き取ることが当たり前で、病院から自宅へ帰った子は一人もいなかった。冒頭で触れたように、一九九三年に私が食道閉鎖の手術をした赤ちゃんなどは、自然死どころか、ぶつりと命綱を切られるような終わり方だった。

大学病院を辞めて五年になる。私の医療の知識は、ことによると現在の医療の標準的な考え方からずれてしまっているのかもしれない。そうならば、自分の不勉強を取り戻さなければならない。誰かが地元の主治医をやらなくてはならないとすれば、それはたぶんこの地域では私しかいないだろう。そう考えて私は、朝陽君の主治医を引き受けることにした。

そしてその日から、13トリソミーや18トリソミーに関する資料を集め始めた。その結果、トリソミーの子どもを熱心に支援している医師が日本各地にいることを知った。親の会が存在していることは以前から知っていたが、これを機会にホームページにじっくりと目を通した。13トリソミーや18トリソミーの子どもの中には、十歳代にまで育っている子もいる。歩行器や車椅子を使って移動したり、簡単な言葉を理解したりする子もいる。そういった子どもたちの姿を学術専門誌や患者のホームページで見ることもできた。

しかしそういった子どもたちはやはり例外である。トリソミーの赤ちゃんが短命である状況は今日でもあまり変化していない。

13トリソミーや18トリソミーが短命である理由は大きく言って二つある。一つは心臓の奇形を合併することが非常に多いためだ。もう一つの理由は、無呼吸発作である。そして呼吸が止まる理由も二つある。

一つは痰が詰まったり、胃の中身が食道に逆流してそれを誤嚥して肺炎になるためだ。もう一つは、脳が十分に発達していないため、「呼吸せよ」という信号が脳から伝わっていかないことがあるためだ。後者を中枢性の無呼吸発作といい、特にこれが命を脅かす。

では、心臓の奇形を手術で治せば、心臓を原因とした死亡は減るはずである。だがそうとは一概には言えない。心臓に手術を施して長く生きた子もいるし、手術が仇となって命を縮めた子もいる。全身麻酔をかけて人工呼吸管理をすれば、そこから自力で呼吸ができる状態に戻れなくなってしまう子もいる。

だがトリソミーの赤ちゃんに対して、心臓の手術を積極的におこなっている施設も日本には存在する。その施設のデータによれば、手術をおこなえば確実に命は長くなる。ところが、その施設の方針に日本全体が追随しようという動きは見られない。やはり心臓手術はリスクが大き過ぎるのだろう。

13トリソミーや18トリソミーの治療はしないという内容をわざわざ論文に書いて発表する医者はいない。だから日本全体の現況がどうなっているのか正確にはわからないというのが、実際のところだった。それでもトリソミーに対する医者の考え方に確実な変化が出ていることは間違いないと感じることができた。私は十八年ぶりに、致死的染色体異常の赤ちゃんに出会おうとしていた。

2　酸素モニターを付けた赤ちゃん

母親の桂子《けいこ》が朝陽君を連れて私のクリニックへやって来たのは、それからおよそ二週間後の十月十二日だった。口唇口蓋裂の手術はおこなっていないと聞いていたので、朝陽君と桂子には隔離診察室で待機してもらった。ほかの大勢の患者さんたちがいる待合室では、朝陽君が好奇の目にさらされかねない。しばらくしてから、朝陽君を私の診察室に招き入れた。

朝陽君は白のタオルケットに包まれていた。生後七カ月だが体重は五キログラムもないだろう。細長い顔、長く伸びた後頭部。閉じている目は小さい。耳も小さい。いや左耳はほとんどない。額が広く、眉毛や頭髪がまばらだ。鼻には細い胃管が挿入されている。上唇には絆創膏が貼られていた。これで口唇裂を隠しているのだろう。喉元からは痰がからんだ音が規則的に聞こえてくる。桂子は片手に朝陽君を抱っこし、反対の手で小型の酸素モニターを抱えている。小型と言っても一キログラムはあるだろう。大きな弁当箱くらいのサイズだ。

「さあ、どうぞ。よく来たね」と私は朝陽君に初対面の挨拶をした。だがもちろん、朝陽君は眠ったままだ。海浜病院からの紹介状には、朝陽君の脳に関して、「萎縮」「水頭症が進行」「脳室拡大」「髄液貯留」「脳回形成に乏しい」「脳形成不全」といった言葉が並んでいる。目にも耳にも奇形があるが、それ以前の問題として脳ができあがっていない。朝陽君は、見ることも、聞くことも、声を出すこともできない。

桂子には以前に何度か会っている。朝陽君のお兄ちゃんが風邪で数回うちのクリニックに来ているからだ。前に会った時は、柔らかい表情をする人だなというのが私の印象だった。だが今日の桂子の表情は硬い。

彼女の緊張にはいくつも理由があるだろう。自宅にいるだけでもリスクを背負うのに、私のクリニックまで来るという行為はさらなる危険を伴う。そしてやはり、こういった誰が見ても普通ではない顔貌の赤ちゃんを連れて、人の多く集まるクリニックに姿を現すのはかなりの心理的な負荷を強いられるはずだ。

だが緊張をしているのは私も同様だった。13トリソミーの赤ちゃんが七カ月も生きている姿を見るのは初めての経験だ。それも病院のＮＩＣＵ（新生児集中治療室）の中ではない。ごく普通の町中のクリニックにいるのである。酸素モニターを装着して来院した患者というのは、クリニックの設立以来、初めてだ。いや、うちのクリニックに限らず、モニターを付けて個人のクリニックを受診する赤ちゃんなど普通はいない。

おそらく朝陽君は、そんなに簡単に何度もうちのクリニックには来られないであろう。そうであるならば、私に、朝陽君の顔をしっかりと心に留めようと思った。そこで桂子に声をかけた。

「お母さん、朝陽君の顔をよく見せてください」

そういって彼の顔を正面から覗き込むと、桂子は朝陽君の上唇の絆創膏を剝がした。上唇が鼻に向かって二条、裂けている。その二条の間に皮膚の隆起があって、それが鼻と同じくらいの高さもある。口唇裂には「兎唇《としん》」という俗称があるが、まさにそういった風貌だ。

絆創膏を剝がしてくれという意味で言ったのではなかったのだが、桂子はおそらく口唇裂をちゃんと医者に診せなくてはいけないと思って慌てて絆創膏を外したのだろう。だが私にとって朝陽君の口唇裂は大きな問題ではない。一番重要なのは呼吸状態だ。まるで隠しているものを無理やり見てしまったような気がして、私は、言い方が悪かったかなと少し後悔した。

モニターに目をやると、血中の酸素飽和度が百％を示している。

「酸素が百％ですね。いつもこんなに数字がいいんですか？」

「いえ、そんなことはないんです。いつもは九十％ちょっとしかないんですけれど、クリニックに来たらなぜかいい数字なんです」

そんなことを話すと、あとはもう桂子と話すことはほとんど何もなかった。だが私には聞いてみたいことがいくつもあった。先天奇形・染色体異常・重度障害・短命、こういった朝陽君の運命を、両親がどう受け容れて在宅医療を応諾したのか。もし自分が大学病院に勤務していれば、いくらでも時間をかけてそれを聞くことが可能であろう。だが毎日八十人以上の患者が押し寄せるこのクリニックでは、それは無理であった。

唯一可能な会話はやはり予防接種であった。私は桂子と今後どういったスケジュールで予防接種をうっていくかをおおまかに話した。昨今の予防接種は種類と回数が一昔前に比べて格段に増えている。そこで複数のワクチンを同時に三本も四本も接種するのだが、この同時接種というやり方に関しては、心奇形がある場合、心臓を診てくれている主治医に確認を取ることになっている。そこで私は、海浜病院の医師に予防接種の優先順位や同時接種の可否を相談してくださいと桂子にお願いした。

わざわざ私のクリニックまで来たのに、予防接種のスケジュールをすぐに立てなかったことで、桂子が落胆したらどうしようかと若干心配になった。だが、心奇形のある13トリソミーの赤ちゃんに、海浜病院の循環器の主治医の意見を聞かずにワクチンをうつことはさすがにできなかった。

朝陽君との初対面はこうして終わった。

悪い予想通りと言うべきか、その後、桂子からクリニックへワクチンの問い合わせは来なかった。予防接種のスケジュールがまとまらないのだろうかと想像しつつも、やはり医療設備が整っていない私のクリニックを訪れることには、不安が強いのかなと考えを巡らせた。そこで私の方から電子メールを入れることにした。桂子からあっさりと返信が届き、詳しくは書かれていなかったが、ワクチンに関してはスケジュールを調整中とのことだった。私は月に一回はメールで連絡を取ろうと決めた。そして朝陽君の様子を聞いて、容態が落ち着いていれば私も安心できた。

年が明け二〇一二年になり、インフルエンザの流行期に入った。クリニックは連日高熱の子どもで溢れた。こういう状況では、もし、朝陽君が発熱しても受診するのはちょっと躊躇するだろうなと思われた。結局インフルエンザの流行は三月下旬まで続き、私は日々の診療に忙殺された。桂子からのメールの返信はいつも『変わりありません、元気です』というものであった。そんなやりとりが続いていくうちに、四月になった。

私は朝陽君の家族との距離の取り方を測りかねていた。メールでは大した話はできない。そのことがもどかしかった。障害児を受容する親の心理は、私たちの死の受容の過程に酷似していると言われている。つまり障害児を受容するということは、死を受容することに匹敵するということになる。またその一方で、障害児の受容は困難で、親は一生涯苦しみから逃れられない「慢性的悲哀」を味わうという学説もある。朝陽君の両親は、どのように乗り越えたのだろうか。それともその途中で悲哀を感じているのであろうか。

朝陽君の両親に話を聞いてみたい、いや、聞かなければいけないという焦がれるような思いと同時に、自分はあくまでも「何かあった時」のための地元の主治医に過ぎないという自分を抑える気持ちが交錯したまま時間が経過していった。

3　危険な肺炎

六月になって私は、仕事を終えて自宅で資料を読み込んでいる時に、「ここ最近連絡を取っていないな」と大きな失敗をしたことに気が付き慌てて電子メールを書いた。『その後、朝陽君はお変わりありませんか？　元気ですか？　困ったことがあったら何でも言ってください』という内容だった。五分もしないうちに返事が来た。それを読んで私は不吉な思いが的中してしまったことに焦りを感じた。そのメールには、朝陽君が現在肺炎で千葉市立海浜病院に入院していると書かれてあった。朝陽君はもう一歳を超えている。この時期の肺炎はあぶない。その週の土曜日に私は、自分のクリニックでの仕事を終えると海浜病院へ車を走らせた。六月九日である。

関東地方が梅雨入りした日だった。車窓に粗い雨滴が激しく当たる。じっとりした梅雨の雨というより初夏の嵐のようだ。稲毛ヨットハーバーを背にし、海と空の水色を背景に浮かび上がるはずの病院が、鈍色の雨雲に覆われて殺伐としたものに映る。ハンドルを握りながら私の不安は一段とつのる。

エレベーターで三階に上がって、病棟案内図の三〇五室を探す。廊下を少し進んだ先だ。しかし小児病棟というのは、患者家族以外の者が病室に入ることを許されていない。面会コーナーでご両親に会うだけでなく、私はどうしても朝陽君の顔が見たかった。そこで思い切ってナースセンターの看護師に声をかけた。

若い看護師はちょっと怪訝そうな表情をつくったが、私が地元の主治医だと言うと病棟の奥の三〇五号室へ向かっていった。一分もしないうちに桂子が現れ、笑顔で私にお辞儀をした。マスクを付けているが瞳が明るいのがわかる。看護師に個室へ入ることを許され、私は桂子と一緒に三〇五号室に足を踏み入れた。大きなベッドの真ん中に小さく朝陽君が横たわっており、チューブから鼻のあたりに酸素が吹き流しになっている。

朝陽君の具合を尋ねると桂子の返事はまったく予期しないものだった。

「先生、それが明日退院なんです。この週末で急に決まったんです」

私は安堵のあまり力が抜けて、思わずベッドの柵に手を付いてしまった。

朝陽君は、四月二十九日に海浜病院を定期受診をしたときに発熱があり、胸のX線写真を撮影してみると肺炎になっていることがわかり、そのまま入院となったという。二週間で退院して自宅に帰ったものの、三日後に国立病院機構・下志津病院で一時預かり（レスパイト）をお願いした際、またもや肺炎になっていることがわかり、下志津病院から海浜病院へ転院となったのであった。

私は朝陽君の六本指の左手を握り、彼の顔をまじまじと見詰めた。ひと月以上もほったらかしにしてごめんと、私は心の中で謝った。朝陽君の目は閉じられ、喉からはゴロゴロと痰の音がするが、顔の表情は何とも穏やかで、いわく言い難い透明感のようなものが伝わってくる。眠りは深く、胸だけが動いている。私が握った手からは何の反応も返ってこない。静かで慎ましやかな生命がそこに息づいていた。

トリソミーの赤ちゃんの命を二度も見放してはいけない。いや、もう一度そんなことをしたら自分は医者ではなくなってしまうとさえ思えた。地元の主治医であれ、海浜病院の本当の主治医であれ、13トリソミーという朝陽君の染色体異常を治すことは誰にもできない。医者として朝陽君にしてあげられることは何だろうか。私は未熟な研修医だった頃、教授から、入院している子どもとできるだけ遊べと教わった。音も光もない世界にいる朝陽君には私と遊ぶのは難しいだろう。だけど、朝陽君は一人ではない。家族の一員だ。もし私が朝陽君の家族にとって、何か信頼できるような心の支柱みたいなものになることができるならば、それは朝陽君を癒すことにつながるはずだ。

私は、可能な限り朝陽君の家族に寄り添いたいと思った。家族に語るべき言葉があるのならば、それを一つひとつ拾い上げていけばいい。いや、患者家族には必ず語るべき言葉がある。大学病院に在籍していた時、私は、がんの子どもの親から膨大な言葉を語ってもらったではないか。そして話を聴くというのは、医者の原点であり、医療の基本である。

もしこの先、朝陽君の家族と対話を積み上げていけば、家族にとっても、私にとっても、命に関する何か真理のようなものが浮かび上がってくるかもしれない。それはきっと桂子たちが生きる上での勇気のようなものになるはずだ。朝陽君の命を鼓舞する応援のエールになるに違いない。

そんな話をしているうちに、桂子は「気にかけてくださって嬉しいです」と呟いて目尻の涙をティッシュペーパーで拭き取った。そして「お待ちしていますので、いつでも自宅の方へいらしてください」と小さく頭を下げた。

私は改めて朝陽君の顔に目をやった。固く瞑《つむ》った目に睫毛《まつげ》が長い。大きく裂けた唇が少し痛々しい。顔は蒼く白い。誰が見ても普通の顔ではない。だけどきれいだ。いや、きれいというよりも無垢という表現がちょうどいい。私は朝陽君の顔を見詰める程に、その思いを強くした。

そんな私の態度に気付いたのか、桂子は「親から見ると、とても可愛い顔に見えちゃうんですけど」と言って照れた。

話をしているうちに一時間近くが経過した。私が傘とショルダーバッグを手にすると、桂子は「先生、ちょっと待ってください」と言って、自分のバッグの中をゴソゴソと探った。取り出したのは缶コーヒーだった。

「こんなものしかないんですけど、車の中で飲んでください」

缶の表面をティッシュペーパーで拭き取って私に差し出した。

百円ちょっとで買えるものだろうか。取るに足らない贈りものと人は言うかもしれない。だけどこの女性には、つまらぬ見栄がない。感謝の気持ちを素直に表す心がある。大したことではないかもしれないが、缶の表面を拭くという気遣いに優しさが滲《にじ》んでいる。私は礼を述べて病室を出た。

第二章

眠り続ける子、眠らない母親

1　徹夜の呼吸ケア

私が初めて朝陽君の自宅を訪問したのは二〇一二年六月二十七日だった。

集合住宅の三階まで外階段を上っていく。コンクリートの階段に小さなごみや埃だまりが目に付く。玄関の前に立ち呼び鈴を鳴らすと扉が開いた。水色のチュニックを着た桂子が明るい表情で姿を現した。挨拶を交わして部屋の中に入れてもらうと、玄関の右側にダイニングキッチンとこれにつながる六畳ほどの居間が広がる。部屋は南向きで掃き出し窓が開け放たれ、緩やかに風が流れ込んで来る。

私が部屋の中に進んで行くと、キッチンの方から父親の展利《のぶとし》がぬっと姿を現した。長髪にあごひげを生やし、頭にはサイケ調のバンダナ、黒のTシャツにジーンズである。つぶらな瞳という言葉があるがまさにそれだ。そんな目でじっと人を見る。愛想笑いもない代わりに、訝《いぶか》る視線もない。年齢は四十歳と聞いているが、彼の目力の中に大人の余裕のようなものを感じた。

桂子が私に展利を紹介した。朝陽君のお兄ちゃんが私のクリニックを受診した時に、展利は私に会っていると桂子は言う。こんな印象的な出で立ちの人は、一度会ったらまず忘れないと思うのだが、何故か私の記憶には残っていなかった。それはどうやら展利も同様らしかった。私は居間に足を踏み入れた。整理整頓がいき届いている気持ちのいい空間だった。

掃き出し窓の向こうに見える木々や小学校の校舎に目をやった時、桂子が「朝陽はそこです」と言って、私のすぐ後ろを指さした。

くるりと振り返ると、壁際の茶色いベビーベッドに朝陽君が横になっていた。私はベッドの前に膝立ちになると朝陽君の顔を覗き込んだ。

今日も目を閉じて眠っている。喉のゴロゴロは先日よりも少なく、苦しげな感じはない。

「今日は普段よりも楽そうにしています」と桂子は笑顔をつくった。

朝陽君は、クリーム色の素地に緑の模様が入った寝間着姿だ。薄い掛け布団が下半身を被っている。ベビーベッドの上には、ぬいぐるみの熊・猿・犬が朝陽君を見守るように並んでいる。ミッキーとミニーの小さい枕が二つ、背中の方に置いてある。これで体位を調整するのであろう。

やはり海浜病院のベッドの上に寝ているのと、自宅のベビーベッドで寝ているのでは、なにやら佇《たたず》まいが違う。朝陽君にはこのベッドがしっくりと馴染んでいるように私の目には見えた。

ベッド上の端の方には、アルコール・ジェルや、朝陽君の痰を吸引するためのチューブ類がコンパクトにまとめられている。

ベッドの足元には吸引器が置かれている。グリップが付いた小型のスーツケースのような形だ。電源を入れるとモーターが作動して陰圧が発生する。吸引器からは太いチューブが伸びていて、透明のガラス瓶につながっている。ガラス瓶には吸引チューブが付いており、朝陽君の痰を吸うと、痰はこのガラス瓶にたまることになる。

ベッドの隣には小型冷蔵庫ほどの大きな酸素供給装置が置かれており、酸素チューブの先端には小児用の小型マスクが付いている。また、鼻の穴に酸素を吹き付ける「鼻カニューレ」と呼ばれるチューブもマスクの隣に並んでいた。

朝陽君の足の親指に巻いてあるモニターのコードは、酸素供給装置の上に乗せてあるモニター本体につながっている。

赤い数字で酸素飽和度（サチュレーション）、オレンジの数字で心拍数が表示されている。数字に目をやると、サチュレーションが九十三％、心拍数が一分間に百四十四回だ。サチュレーションの正常値は九十八から百％だから、九十三％というのはやや低い。

心拍数が百四十四回というのは明らかに多い。新生児くらいである。朝陽君は飲み込むという動作も、咳をすることもできない。だから常に痰が喉にからみ、楽に息ができない。その分、心拍数を高めて全身に酸素を送っているのだ。

そして酸素供給装置の隣には、直径二十センチほどの黒いガラス瓶が三個並ぶ。これは携帯用の酸素だ。

携帯酸素瓶から伸びたチューブはアンビュー・バッグにつながっている。バッグの押し出し口にも、小型サイズのマスクが付いている。アンビューとは、大人の手でちょうど包み込めるくらいの丸っこいバッグだ。握るとマスクを介してバッグの中の酸素を朝陽君の鼻と口に送り込むことができる。そして握った手を緩めるとアンビューは再び元の形に復元する。

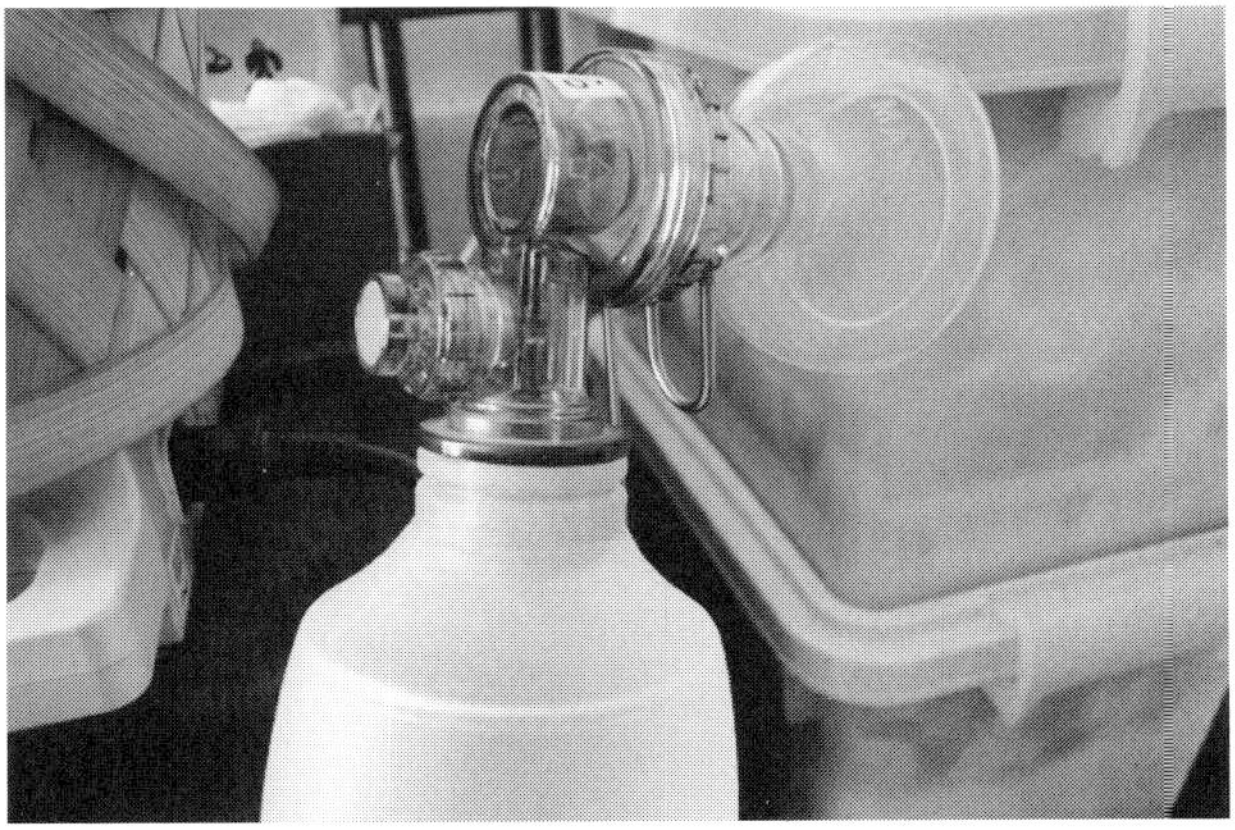

鼻と口に酸素を送り込むアンビュー・バッグ

桂子にとって一日の区切りは朝の六時だ。朝陽君の痰の吸引、おむつ替え、そして体位の交換から毎日が始まる。朝陽君のケアと同時に家事もスタートするのだが、彼女にとって最も手がかかるのは痰の吸引である。痰が増えてくれば喉がゴロゴロし、サチュレーションが低下してアラームが鳴る。

痰の吸引は一時間に一回くらいの頻度でおこなう必要がある。痰の分泌が多い時は三十分に一回となる。痰の吸引に昼も夜も関係ない。桂子は、アラームが鳴れば目を覚まし、アラームが鳴らなくても朝陽君の喉元でガーッという大きな音がすれば目を覚ます。だから当然熟睡はできないし、毎日が徹夜に近いケアになる。

「でも」と桂子は軽い調子で言う。「上のお兄ちゃんが産まれた時もこんな感じだったし、二度目の経験ですから覚悟はできていました。確かに毎日眠いですけど、こんなものかなと思っています」

日中は展利も吸引をおこなうが、夜通しでケアすることはまずない。展利の仕事は肉体労働だから、夜は疲れて完全に熟睡してしまう。

2　栄養補給と入浴

朝陽君の栄養は、胃管から注入される「ラコール」という名の総合栄養剤だ。一見ミルクに似ているが、ミルクだけでは栄養は完璧ではない。すべての栄養素をカバーし、なおかつ腸で消化されやすいことが特徴だ。

桂子は、百二十ミリリットルのラコールを容器に注ぐ。朝陽君のベッドの上の天井には容器を引っかけるフックが備えてある。重力に従ってラコールはゆっくりと朝陽君の胃の中に入っていく。

この作業を七時、十一時、十五時、十九時、二十三時におこなう。また、十一時と二十三時には、やはり胃管を使って七種類の薬を注入する。利尿剤や抗生剤、痰を切るための薬の数々である。

ラコールは一日に六百ミリリットル注入されるので、カロリーも一日に六百キロカロリー入ることになる。一歳三カ月の朝陽君の体重は五二七〇グラムである。もちろん普通の子どもに比べると断然小さいが、どこまでカロリーを入れて体を大きくするべきなのかは難しい問題だ。もし長期に生きながらえたとしても、朝陽君は寝たきりである。カロリーをたくさん投与して体を積極的に大きくすることにはあまり意味を見いだすことはできない。

桂子は、ラコールの投与に合わせておむつを交換する。だから一日に五、六回だ。そして毎日朝陽君を風呂に入れる。入浴は夫婦のうちのどちらかの仕事ということはない。展利が仕事で不在であれば、桂子が朝陽君のお兄ちゃんを含めて三人で風呂に入る。展利が在宅していれば、彼が朝陽君を風呂に入れる。

展利は、子どもとの入浴は楽しみだと言う。

「面倒くさいなんて思わないですね。元々、朝陽の兄が小さい時に、風呂に入れる面白さを知りました。技があるんですよ。風呂に入れながら頭を撫《な》でるように洗ってやると、お兄ちゃんは風呂場で眠ってしまうんです。それですっかりはまりました」

では朝陽君は風呂場ではどんな感じなのであろうか。展利が嬉しそうに答える。

「痰がゴロゴロして苦しそうな時は、最後までそのままのこともあります。でも、調子がよくてリラックスしている時に入れてやると、体をだらーんとしてものすごく気持ちよさそうなんですね」

ということは、朝陽君は入浴に快感を覚えているのであろうか。展利が続ける。

「風呂好きですよ。特に、頭にシャワーをかけてやると喜びます。それまで嫌がっていた朝陽の頭にシャワーを当てると、ほーっとした顔になるんです」

桂子は「そう、そう」と言いながら笑っている。

朝陽君が柔かい表情を見せるとは、私にはまったく予想外だった。振り返って朝陽君の顔を覗いてみるが、目を閉じて眠っているだけである。これまでに見てきた顔だ。

3　呼吸が止まる

出生直後の朝陽君は、無呼吸発作を頻繁にくり返した。その都度、医師や看護師たちがマスクで人工換気をおこなって、朝陽君を蘇生させた。次第に無呼吸発作の頻度は減ったものの、月に一回の割合で発作は起きていた。

だから朝陽君が自宅へ帰った時の最大の懸案は、無呼吸発作に対してアンビュー・バッグによるマスク換気がきちんとできるかどうかだった。ところが海浜病院を退院して自宅に戻ってみると、無呼吸発作は現れなかった。だが安心していた時に、それはやってきた。退院からおよそ二カ月が経った冬の寒い日だった。

桂子が怯《おび》えたような声を出す。

「ちょうどお風呂に入っていたんです。だからサチュレーション・モニターは付けていませんでした。喉がゴロゴロして、顔が真っ青になってしまったんです。その日はたまたま主人が家にいてよかったです。大慌てでこの部屋からお風呂場に吸引器を持っていって、まず吸引をしました。それからアンビュー・バッグも風呂場に持っていって、バッグを押したんです。そうすると顔色が戻って、呼吸も元通りになりました」

私は、むしろモニターが付いていなくてよかったのではないかと思った。その時の朝陽君にモニターが付いていていたら、サチュレーションの数字は一体どれだけ低下していたかわからない。患者のサチュレーションが八十、七十、六十と低下していくとアラームが乱打され、心拍数はつるべ落としになる。

医者でも慌てる。その時の夫婦の心境は、パニックに近かったはずだ。

「私、慌ててしまって、手が震えてしまいました。本当に怖かったです。あんまり慌てていたので、吸引器のチューブのつなぎ方を間違えて最初はちゃんと動かなかったんです」

私は何度もうなずいた。アンビュー・バッグを押しても呼吸が元に戻らなければ、朝陽君は親の腕の中で命を落とすということになる。自然な死を看取るというのではなく、蘇生ができなくて我が子を失うということになれば、それは親にとって相当にきついはずだ。

朝陽君が入院中、桂子はアンビュー・バッグの押し方を何度も練習していた。

「だけど、お風呂場で朝陽が実際に息を止めてしまった時は、練習の時とは全然違いました。もうまったく別の世界でした」

「無呼吸発作はその時だけですか?」と私は尋ねた。

「ええ。覚悟はできているんですけど、もう二度と経験したくありません」

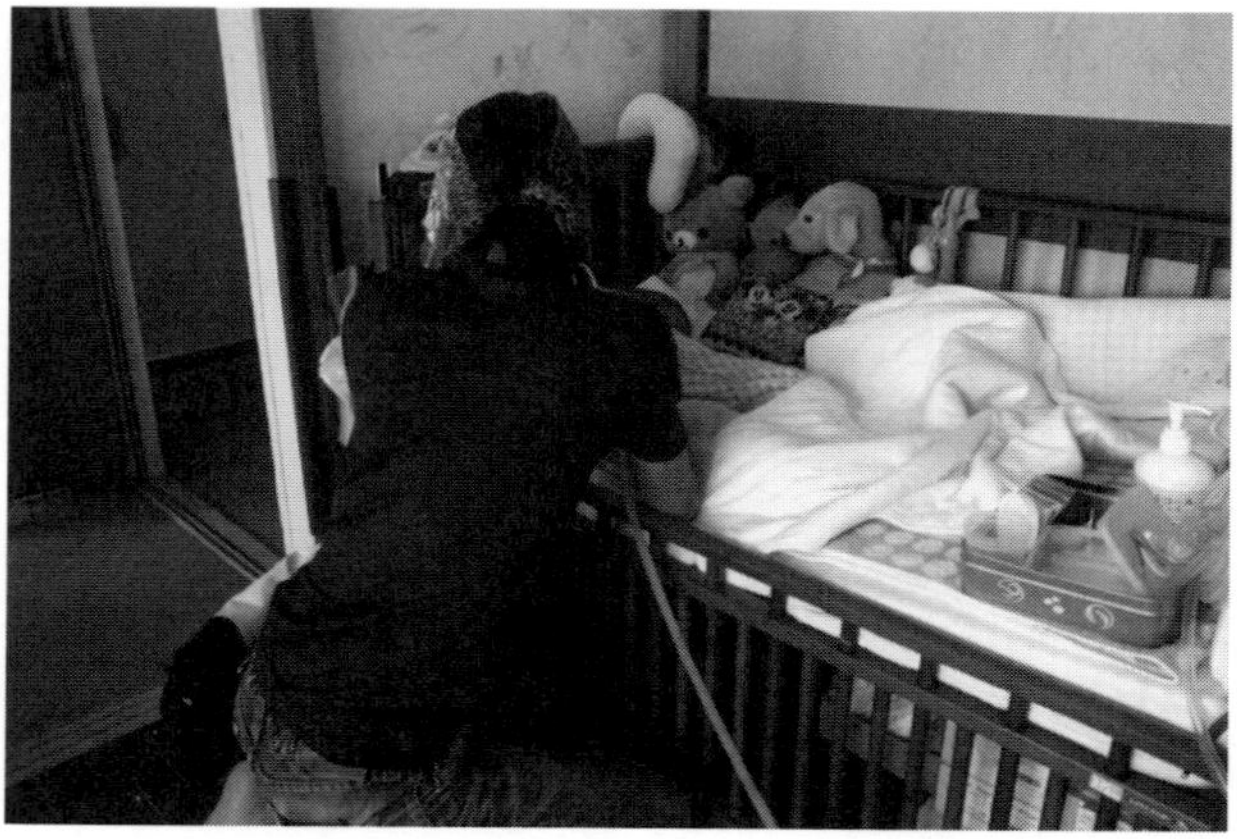

吸引する展利さん

私は痙攣《けいれん》のことも聞いてみた。

「13トリソミーでは痙攣が起きることが多いんですけど、朝陽君はどうですか？」

答えたのは展利だった。

「時々体をぴくつかせるんですけど、それ以上の痙攣にはなりませんね。けっこう、はらはらするんですけど、今のところ大丈夫なようです」

朝陽君の喉のゴロゴロが一段と強くなった。サチュレーションの数字が下がり、アラームがポーン、ポーンと鳴り始める。私は腰を浮かせ、朝陽君の顔とモニターの数字を交互に見やった。

「ちょっと取ろうか」と言って、展利が吸引器を作動させ、朝陽君の口の中へチューブを入れて痰を取り始めた。喉の奥にチューブが入ると、朝陽君は眠ったまま身をよじるような動きを見せた。左足を蹴るようにゆっくりと伸ばし、タオルケットを剝がすような動きをした。タオルケットが鬱陶《うっとう》しくて、それを払いのけているようにも見える。朝陽君の「動作」らしきものを私が見たのは、これが初めてだった。サチュレーションはすぐに上昇した。

日中、桂子は時々、ベッドから朝陽君を降ろしてカーペットの上で手足の運動をしてやる。こういった寝たきりの生活をしていると往々にして関節が拘縮《こうしゅく》して体が硬くなってしまう。だが何故か朝陽君にはそういうことがない。海浜病院には毎月一回通院して医師の診察を受けるが、理学療法士にも診てもらっている。その理学療法士が感心するくらい朝陽君の体は柔軟らしい。

桂子はこうして終日朝陽君と一緒にいる。朝陽君のケアに追われその合間に家事もこなしていくが、「私はそんなに器用じゃないんです」と、熱心に家事をやっている訳ではないと言う。でも私は、それは謙遜だと思った。やはりこの家はきれいにまとまっている。闘病に追われて、室内が荒れている様子はまったく見られない。

4　レスパイトと訪問看護を利用する

基本的には桂子は買い物には出かけない。いや、出かけられない。だから食材はすべて宅配だ。それでも展利が家にいる時は、その時間を利用してちょっとした日用品を買いに出かけることがある。これが生活のすべてならば、息が詰まってしまうだろう。だが、それをカバーするシステムがある。一つは、訪問看護だ。

ちば訪問看護ステーションから週に一回やって来る看護師は、朝陽君の体温を測るなど一通りの診察をしてくれる。そしてそれが終わると朝陽君の全身をマッサージする。マッサージを終えると朝陽君は全身の力を抜いて、だらーんとした姿勢でとても気持ちよさそうに見えると桂子は微笑む。そしてその時に桂子には三十分間だけ自由な時間が生まれる。彼女は買い物に出かけたりして外の空気を吸い、気分転換に努める。

「ですから、訪問看護師のYさんには本当に感謝しています。助かっているし、朝陽も気持ちよさそうだし」

私には朝陽君の「だらーん」とした姿がうまく想像できなかった。隣のベッドをちらりと見ると、朝陽君は同じ姿勢のままだ。いや、この姿勢こそが「だらーん」そのものだ。

そして訪問看護よりも、もう少し長い時間を家族につくりたい時には、下志津病院の一時預かりのレスパイトを利用する。レスパイトとは、障害を持つ患者が短期間入院することによって家族が一時的にケアから解放される仕組みだ。

朝陽君の家では、お兄ちゃんが卒園を控えた今年の二月頃からレスパイトを二泊三日くらいでお願いするようになった。病室は個室のこともあれば大部屋のこともあり、子どもだけの部屋であったり、大人の障害者のいる部屋だったこともある。月に二、三回利用し、それによって桂子はお兄ちゃんの運動会や発表会に出かけたり、また家族でドライブに行ったこともあった。

展利が言う。

「僕はアウトドア派なので、なるべく出かけたいんですけど、最近はなかなかできていないですね。本当は朝陽も連れて四人で旅行に行きたいんです。まずは練習しながらね。でも心配ごともあるし、ちょっと難しいかなと思っています」

訪問看護もレスパイトも、海浜病院の医師が紹介してくれたシステムだ。話を聞いているうちに、この家族には決して過分な荷重はかかっていないなと私は思った。こうして両親は自宅にがんじがらめではなくなっている。生活のすべてが朝陽君のケアに縛り付けられてしまえば、毎日は重く暗いものになるだろう。そうなってしまえば、朝陽君のケアも続けられなくなる。それは朝陽君の命を縮めることにつながる。

5　朝陽君を外へ連れ出す

朝陽君は、マッサージを受けて入浴する以外は、毎日喉を鳴らしてベビーベッドで眠っているだけなのだろうか。趣味がギターと散歩という展利がにやりと笑った。

「天気に合わせて抱っこで連れ出しちゃいますね。寒ければ何かでくるんで、出かけます。天気が悪ければ家の中で抱っこしてぐるぐる歩き回りますよ。添い寝しちゃう時もあるし。散歩の時、酸素は持って行きません。完全無視です。そのままぱっと行っちゃいます。家の周りの芝生の上を歩き回るんです」

私は思わず「完全無視ですか？」と聞き返した。確かにそれはリスクのあることだし、医学的には誉められたことではない。だけど携帯用のモニターを付けて、さらに携帯用の酸素とアンビュー・バッグをいちいち持って行こうと考え始めたら、結局散歩などはできない。安全第一で家の中に閉じこもってしまうことになるはずだ。だが、散歩となると、別の種類の勇気も必要だ。

「人目は気になりませんか？」と私は尋ねた。

「僕は、ほとんどと言うか、全然そういう気持ちはありませんね。でも家内はね……」

桂子はちょっと曇った表情になった。

「私は散歩にはまったく出かけません。勇気がないというか、心配だから。急変したらどうしようというのもありますけど……やはりご近所なので、声をかけられる方がたくさんいますので。そういう方に声をかけられて、『赤ちゃん見せて』って言われたら、どうしようっていう思いが先に立ってしまうんです。朝陽の病気のことを知っている人だったらいいんですけど、知らない方だったら多分びっくりしちゃうと思います。びっくりされれば、私も対応に困ってしまう」

「それはそうでしょう」と私はうなずいた。桂子の気持ちは十分過ぎる程わかる。それは母親として当然の気持ちだ。

桂子が話を続ける。

「病院に行く時など、朝陽を連れて出る時は、私は、朝陽の鼻の下にテープを貼るんです。でも主人は全然気にしないでテープも貼らずにさーっと出ていってしまうんです」

「なるほど。さーっと、ですか？　ご主人は、人からどう思われるかっていうのは重要じゃないと思っていますね？」

展利は表情を変えずに、胸を張るでもなく、照れるでもなく答えた。

「そうですね。人にどう見られるかが人生じゃないと思っています。見かけじゃありません。散歩に連れて行くと、朝陽は本当に嬉しそうなんです。なんだかね、顔の表情がほっこりするんです」

今度は「ほっこり」である。さすがにその言葉に私は思わず笑ってしまった。

展利は朝陽君を抱き上げる仕草をした。

「朝陽を、この左胸のあたりに抱っこしていると、すごい一体感というか、朝陽が自分の体の一部になるんです」

「えっ?」と、私は聞き返した。

「なんだこれーっていうくらいに、一体化するんです。ギターを弾いている時と同じです。僕は座ってギターをこう左胸に抱えて弾くんですけど、そういう時にも体の一部になります。朝陽もギターと同じように体の一部になるんです」

展利さん愛用のギター

自分の子どもを抱っこして、我が子と一体になる親の感覚とはどういうものだろうかと一瞬考えた。少なくとも私には経験がない。

人目を気にせず、「さーっ」と外へ出て行く展利の行動と、彼が感じている我が子との一体感には何か関連があるはずだ。子どもに対する展利の心の距離の近さが、彼の行動や感じ方のすべての基になっているのだろう。あるいは、展利と朝陽君の間に、世間の目という夾雑物《きょうざつぶつ》が入っていないという言い方もできるかもしれない。これは、展利の人間性とか感受性からくるもので、きっと展利の育ち方に関係しているに違いない。展利の母にもいずれ話を聞いてみたいと思った。

展利が朝陽君と一体化できる程、朝陽君を受け容れているのならば、その愛情は、朝陽君に障害があることでさらに強化されているのだろうか。それとも、父親として、お兄ちゃんに対するものと同様の愛情を朝陽君に注いでいるのだろうか。私には二人の娘がいるが、二人にかける愛情の質と重さはまったく同じだ。展利はどう考えているのだろうか？

「可愛いのは同じですけれど、ちょっと質が違いますね。愛情を迎えにいくんです。朝陽は喋《しゃべ》らない。だけど長男が小さかった時と同じように、朝陽が何かを伝えようとしているのは根本としては変わらないんです。ただ、その表現しようとする力が乏しい訳です。だからこっちからすごく観察します。以前は、朝陽に僕の指を無理矢理握らせて固定しておくみたいなことをやっていたんですけれど、最近は何か、指を当てるとにぎにぎしてくれるような気がするんです」

朝陽君は緩やかに成長しているのであろうか。私は、朝陽君は完全な寝たきりだと思っていたので、夫婦の話す、朝陽君の動きや表情は意外だった。ただ、にぎにぎは、赤ちゃんに見られる原始的な反射かもしれないし、今まで気付いていなかった小さな動作に両親が少しずつ気付き始めているだけという可能性もある。

「僕のこのひげには、ママとは違うごつごつ、じょりじょりした男親の手触りがあるんです。だから、朝陽にもひげを触らせて、僕が男親だとわからせているんです。朝陽はちゃんと認識していると僕は思っています」

そして展利は「まあ、そんな理屈を付けている訳です」と雑《ま》ぜ返すように笑った。

この明るさは何だろうかと私は意外な思いだった。軽いという意味ではない。真剣に生きている家族だ。だけど、苦しい訳ではない。夫婦には二人の子どもがいて、そのうちの弟は障害を持っている。だから毎日ケアをしているということが、彼ら夫婦にとって当たり前の行為なのだという想いが伝わってくる。

玄関のノブがガチャリと音を立てた。小学一年のお兄ちゃんが帰って来た。シャープな表情をしたハンサムな顔には見覚えがある。風邪をひいて何度かうちのクリニックに来ている。私たちは挨拶を交わし、夫婦に話を聞くのは一旦ここで打ち切った。私は朝陽君の命の本質に関するもっと深いことを訊いてみたかった。それにはお兄ちゃんがいない別の機会がいいだろう。そしてさらに別の日には、お兄ちゃんの心の内も聞いてみたいと思った。


後日、朝陽君の自宅を再訪した私は、家族の始まりから、朝陽君を自宅へ連れて帰るまでの経緯を詳しく尋ねた。展利夫婦が最も精神的にきつかったのは、朝陽君が誕生して最初の数日のはずだ。時間をかけてじっくりと話を伺った。

第三章

朝陽の誕生

1　家族の始まり

高校を中退した展利は、職を転々として生活を送っていた。だがある日彼は、ぷつりと仕事をやめて、それまでに働いて得た貯金を使い、仕事をせずに親元に引きこもってしまった。夕方になると目を覚まし、その頃に友人がやって来る。酒を飲み始めて深夜零時には友人は帰る。その後も展利は酒を飲み続け、眠りにつくのは朝であった。外出するのは、酒か煙草を買いに出かける時だけであった。

こういう引きこもりの生活が二年も続いた。その後、展利は複数の友人を交えて女性と会う機会を持った。展利の友人が、彼の荒んだ生活を見かねて状況を変えてやろうと企画したのだ。その時に知り合ったのが桂子だ。

彼女は高校卒業後、職場は二度ほど変わっているが、仕事は一貫して女性に対するスタイリストとして働いていた。展利と出会った時の桂子は、結婚式場で花嫁に化粧を施したりドレスアップをする仕事をしていた。

友人の仲介をきっかけに、三年の交際期間を経て二人は結婚することになった。二〇〇三年のことだ。展利は三十一歳、桂子は三十三歳だった。

新居は、1LDKの公団住宅だ。もちろん展利は仕事をするようになり、引きこもりを脱した。展利の仕事先は、幕張メッセだったり、東京ビッグサイトだったりする。そこでイベントが開催されると、ブースにコンセントなどの配線を敷設するのが彼の仕事だ。忙しい時はかなりのハードワークになるが、現場が立っていなければ平日でも日中から自宅にいることができる。

桂子は結婚して二年で長男を妊娠した。それまでは、子どもを授かるのはなかなか難しいような話を周りからたくさん聞いていたため、呆気ないくらいの思いだった。そして近所のクリニックに通い、妊娠は特段問題なく順調に経過した。満期となり、長男が誕生した。

出産には激しい痛みを伴ったが、特に難産という訳ではなく、赤ちゃんはいわば普通に産まれたのだった。家族は二人から三人になり、桂子も展利も幸福感で一杯だった。ただ夫婦にとって、育児とはこれほど大変なのかと思える程やるべきことが山のようにあった。

三時間ごとの授乳もそうだが、おむつ替えから沐浴まで、もちろん家事もやらなければならない。どの夫婦でも経験することではあるが、想像を超えるものがあった。赤ちゃんが泣きやまなければ、どこか悪いのではないかと思い、いろいろなことが心配になった。そうやって不安を抱えながらも、毎日を満ち足りた気持ちで過ごしていった。

当初、夫婦は、子どもは一人でいいと考えていた。ところが三歳になった長男が、赤ちゃんが欲しいと言い出した。桂子の友人にも二人目の子どもを産む人がいて、また、その友人が比較的高年齢だった。夫婦は相談し、「じゃあ、もう一人子どもが欲しいね」と言い合った。ところが長男の時とは異なって、今度は一転してなかなか懐妊しなかった。

二年が経過しそうになり、二人目は難しいのかなと半ば諦めの気持ちが芽生えた頃に、妊娠が明らかになった。桂子は四十歳で第二子を産むことになった。

産婦人科に通い、受診のたびに胎児の超音波検査を受けた。大《おお》先生からは「ちょっと赤ちゃん小さいね」と言われたが、このまま様子を見ながら妊娠を継続していこうという話になっていた。性別は女の子だと説明され、桂子はずっとそれを信じていた。

2 夕刻の緊急帝王切開

二〇一一年二月二十一日。妊娠は三十七週に入っていた。その日、産婦人科を受診すると、担当医師は若先生だった。彼は、超音波検査をしながら「おかしい」と言い始めた。三十七週の割に赤ちゃんが小さ過ぎる。それに桂子も高血圧になって蛋白尿《たんぱくにょう》が出ていた。

すぐに大きな病院で診てもらいなさいと言われて、千葉市立海浜病院の産科を紹介された。幕張新都心のそばの、海岸にほど近い場所にある病院だ。この日は仕事がなくて、展利は家にいた。夫婦は驚きはしたものの、それ程の緊急事態であるという認識はなかった。近所に住む展利の両親に長男を預け、二人は海浜病院に直行することになった。この時、桂子は車から笑顔で義母に手を振っている。

だが、桂子と胎児を診察した産科の医師はたちまち緊迫した表情になった。

赤ちゃんがあまり動いていない。羊水が少ない。赤ちゃんの心拍数が落ちている。臍帯《さいたい》の血流も乏しい。

産科の医師が言った。

「赤ちゃんを帝王切開ですぐに出しますから、このまま入院してください」

夫婦はびっくり仰天した。まったく想定していなかった。

「このまま赤ちゃんを子宮の中に置いたままにしても、どうにもなりません」と産科医はだめを押すように強く言った。

夕刻の病棟に桂子は入院となり、すぐに手術の準備の気配で慌ただしくなった。一息つく間もなく手術室に搬送され、背中から麻酔の針を刺された。

手術が始まった。全身麻酔ではないから、意識はきちんとある。しばらくするとお腹を強く押され、耳から入って来る音で、赤ちゃんが取り出されたことがわかった。だけど、赤ちゃんの泣き声がしない。桂子は医師に訊いた。

「赤ちゃん、呼吸していますか?」

すると看護師が、「赤ちゃん、息していますよ、大丈夫ですよ」と答えてくれたが、手術室の中は異様に静まりかえっていた。

医師たちも一切無言であった。桂子は「何かおかしい」と感じた。

そのうち、赤ちゃんを抱いた看護師が「産まれましたよ」と言いながら、桂子の顔の前に赤ちゃんを差し出した。だが、それはまったく一瞬の動作で、ぱっと差し出して、ぱっと持っていかれてしまった。

桂子は「あれ？　なんだろう、この看護師さんの態度は？」と思った。そして、赤ちゃんの顔の映像を思い出すと、鼻の下に何か丸い肉のかたまりのようなものがあったような気がした。

「何かが違うかもしれない」と桂子はその時、初めて感じた。

赤ちゃんが産まれると、普通は、医師や看護師から性別が告げられる。だがこの時、誰からもそういう言葉がなかった。そこで桂子は近くにいた医師に尋ねた。

「女の子ですか？」

するとその医師は「え？」と声を上げた。そして口ごもりながら、「男の子かなあ……」という曖昧な返事を寄越した。そして逆に「女の子って言われていたんですか？」と尋ねてきた。

桂子は「はい」と返事をしたが、会話はそこで終了してしまい、手術室は再び沈黙に包まれた。看護師が医師に告げる「体重、一五九七グラム」という声が聞こえてきた。赤ちゃんが手術室から去り、金属音がガチャガチャと聞こえる中で、桂子はお腹の傷を縫われながら、「赤ちゃんの鼻の下のところは、手術をしてきれいにすることになるのかな」とぼんやりと考えていた。もちろんそれで完治すると信じて疑わなかった。

赤ちゃんは新生児科の医師の手によって、手術室からＮＩＣＵに搬送されることになった。

3　スマートフォンで知った病名

展利が手術室の前のエレベーター・ホールで待ち構えていると、医師に付き添われ、保育器に入った赤ちゃんが現れた。医師は「お父さんですね？」と声をかけてきた。展利が赤ちゃんに近寄ると、医師は「赤ちゃんはご覧のような状態です」と言って赤ちゃんに目を向けた。

「口唇口蓋裂と言って、鼻の下から口まで裂けている状態ですが、ほかにいくつも問題がありそうです。男女の性別もわかりません。詳しくは検査をしてからになりますから、しばらく奥様の病室でお待ち下さい」

エレベーターが到着すると、医師たちは保育器と共に扉の向こうに消えた。

手術室から桂子が出て来るのを待つ間、展利はスマートフォンを取り出した。検索サイトで「口が裂けている」「染色体異常」という言葉を入力した。「染色体異常」は、医師に言われた言葉ではない。彼が自分で思い付いた言葉だった。

画面に並ぶ様々な言葉。その中に彼が見たのが「13トリソミー」だった。見たこともなければ、聞いたこともない言葉だ。だが展利は、「もしかしたらこれかもしれない」と思った。そして次に検索ワードを「13トリソミー」にしてみた。そこには、13トリソミーの解説や、患者家族が書いたブログが並んでいた。13トリソミーの赤ちゃんは、本来二本しかない13番染色体が三本に増えているということを初めて知った。そしてこの病気には様々な奇形が合併すること、口唇口蓋裂も頻繁に起こること、そして赤ちゃんは短命に終わるということが記載されていた。

こうして展利は、医師に告げられるより先に13トリソミーという病名を知った。この病名は五時間後に医師団から正式に告げられて確定することになる。

口唇口蓋裂のほかにも、左手の指が一本多い。左の耳たぶがない。閉じたままの目は明らかに小さい。性器を見ても男か女かはっきりしないが、どうやら男児らしい。超音波検査をおこなってみると、脳の中に水が溜まっており、脳の発達も未熟である。また心臓には、動脈管開存という奇形があった。

NICUに通された展利は何故か冷静であった。自分でもその理由がよくわからない。染色体異常の子どもが産まれてくるなどという予感は微塵《みじん》もなかった。だが、こうして重症奇形の赤ちゃんが産まれてみると、このことは予め用意されていたもののような気がした。この現実を受け容れなければ前には進めないし、そしてこの子はうちの家族の一員としてやって来てくれたのだと落ち着いた心で考えた。

だが、心は平静だと自分では思いながら、展利はふと気が付いてみると、赤ちゃんの体をすみずみまで観察していた。それはあたかも粗探しをしているようで、そういう自分の行動に嫌悪感を覚えた。

医師たちから聞いた言葉と自分の目で見たものを、展利は病室に戻り、桂子に伝えた。ショックを受けないように、大してひどい奇形ではないかのようにできるだけ言葉を選んだ。赤ちゃんの可愛らしさを強調しようとした。

桂子は泣いた。泣いて何度も何度も展利に謝った。展利は「桂ちゃんのせいじゃないよ」と静かな声で妻を慰めた。

展利は自分の両親に電話を入れた。父は落ち着いた態度であったが、母は泣き崩れた。そして次に桂子の姉にも電話を入れた。桂子の両親はすでに他界しており、展利夫婦は桂子の姉と親しく付き合いをしていた。その姉も電話口で泣いた。

時刻はもう二十四時に近付いていた。展利は桂子を懸命になだめて、お兄ちゃんを迎えに行くため帰宅することにした。

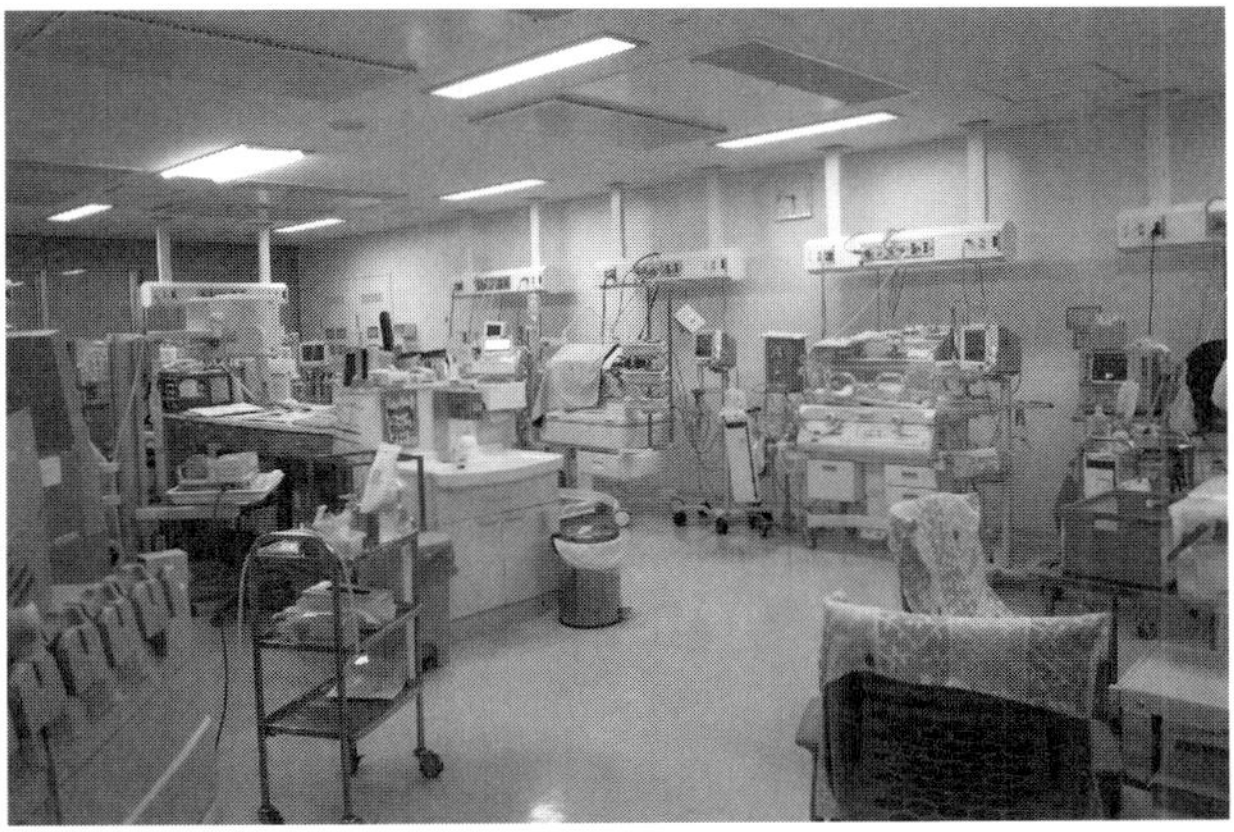
NICU（新生児集中治療室）

4　朝陽に出会う

この夜、桂子は一睡もできなかった。一体何が悪かったのかといろいろなことに思いをやった。自分が高年齢であることも関係があるかもしれない。だが、桂子は何一つ集中してものごとを考えられる状態ではなくなっていた。夜を徹して涙を流し続けた。

カーテンの向こうがうっすらと明るくなった。桂子が入院している部屋は、産科病棟の一番東側の個室だった。カーテンを開けると、朝日が目に入った。陽の光を浴びて海面がどこまでもきらきらと銀色に光っている。桂子は涙を拭って、我が子に「朝陽」という名前を付けようと決めた。

展利が病院にやって来ると、桂子は車椅子に乗って二人で朝陽君に面会に行くことになった。桂子は朝陽君に会うことを恐れた。夫から聞いた話では、我が子はまるでモンスターのようだ。早く会いたい気持ちと、怖くて目を向けたくない気持ちで桂子は胸がつぶれそうだった。

保育器の中の朝陽君を見て、桂子は驚いた。ちっとも怖くない。いや、あんがい可愛い。違和感がない。耳も小っちゃくて可愛いし、六本の指だって可愛い。自分の子だ。ほっとした桂子の表情を見て、展利も安堵した。

だがこの頃の朝陽君は、生命が危ぶまれる状態をくり返していた。無呼吸発作が頻発し、そのつど医師たちが酸素バッグで肺に酸素を送って朝陽君の状態を持ち直させていた。だから桂子がようやく朝陽君を抱っこできたのは、生後四日目のことだった。

そして桂子は朝陽君を抱っこした瞬間に、心の中で何かがわかった気がした。朝陽の命には何か意味がある。何かの役割を持って我が家に産まれてきたのだと。それが具体的にどういうものなのか今の段階ではよくわからないが、いずれ明らかになるように思えた。

5　兄への告知

桂子が初めて朝陽君を抱っこした頃、展利には、長男に赤ちゃんの病気を伝えるという重い仕事が待っていた。

染色体異常という言葉や13トリソミーという言葉は、五歳のお兄ちゃんに理解できるはずがない。病気とか奇形とか障害とか、様々な言葉があるがどれもしっくりこない。だから展利は長男に朝陽君の姿をそのまま伝えることにした。

ただ、話をする前からお兄ちゃんは何か変だと思っている様子だった。それは母親が急遽入院になったり、長男が話しかける言葉に展利が構っていられなくなったりしたことで、彼は自分なりに異変を悟ったようだった。

展利はお兄ちゃんと一緒に風呂に入りながら、彼に語りかけた。

「赤ちゃんは、口の形が変わっていて、黒目のところがグレーなんだ。髪の毛がちりちりで可愛いんだよ、左手の指は六本もあってすごいんだよ。男の子か女の子か、まだわからないんだ。でも、男の子かな。手術すれば、治るところもあるんだけど、手術しても治らないところもあるんだよ」

お兄ちゃんは俯《うつむ》き、やがて涙を流し始めた。赤ちゃんの誕生を心待ちにしていた長男の心の中で、世界観が覆《くつがえ》るような変動が起きていると展利は感じた。

6 試験外泊から退院へ

傷の癒えた桂子は産科病棟を退院となった。朝陽君の無呼吸発作はしだいに回数が少なくなっていき、誕生から二カ月後、大型連休の前に、同じ新生児室の中のGCU(Growing Care Unit=回復治療室)へ出ることができた。

桂子は、幼稚園の年長組である長男を送り出すと、海浜病院のGCUへ面会に通った。看護師にケアのポイントを教えてもらい、沐浴をおこなったり胃管の入れ方を学んだ。人形を使ってマスク換気の練習もした。海浜病院の医師団の方針は当初から決まっていた。朝陽君を長期に病院へ置いておくことはせず、在宅医療に持ち込むという考えであった。桂子は、朝陽君と一緒に二時間近くを過ごすと、お兄ちゃんの迎えのために帰って行くというのが日課であった。

この頃の朝陽君には月に一回の頻度で無呼吸発作があると、桂子は聞かされていた。そしてある時、桂子が面会している最中に発作が起きた。看護師が三人がかりで酸素バッグを押して朝陽君を蘇生させ、桂子はそれを見て呆然となった。在宅介護になって本当に自分たちでアンビューが押せるのか不安が込みあげてきたが、後戻りするという道は存在しなかった。

季節は真夏になり、朝陽君は生後六カ月に近付いた。完全に在宅介護に移る前に、まずは練習が必要になる。朝陽君は試験的に、自宅へ二日間の外泊をすることになった。

病院から借りた簡易型のモニターや酸素ボンベ、そして吸引器と酸素バッグを自宅に用意した。いよいよ朝陽君に会えるお兄ちゃんはハイテンションで待ちに待っていた。だが、両親は緊張の極致だった。

朝陽君が自宅のベビーベッドにやって来ると、夫婦はほとんどパニック状態だった。モニターに目をやる。朝陽君の顔に目をやる。またモニターに目をやる。朝陽君の喉がゴロゴロすれば、恐る恐る吸引器で痰を取る。痰を取っている最中にモニターの数字が下がれば、心臓がどきどきする。桂子はベビーベッドの前に釘付けになり、トイレも我慢するしまつだった。

また、万が一の事態を夫婦で考えてしまう。朝陽君が急変したらどういう手順で救急車を呼ぼうかと二人でシミュレーションをした。酸素バッグを押すのが先か、救急車を手配するのが先か。段取りを話し合ってみるものの、いろんなパターンを考え始めると切りがなかった。次の瞬間に何が起きるのだろうかと考えると気持ちは益々張りつめるばかりだった。

その一方で、お兄ちゃんは自宅に朝陽君を迎えて大はしゃぎだった。彼の喜ぶ顔を見ているうちに、桂子と展利は精神的に少しずつ楽になっていった。長男の笑顔がなければ、二日間の試験外泊は途中でギブアップだったかもしれない。

秋になって新生児科もついに卒業となった。十月三日から七日まで、朝陽君は小児科の個室に移った。退院に向けての準備である。GCUとは異なり、今度は母親が二十四時間付き添うことになる。桂子は朝陽君と一昼夜を共にしたが、この時はあまり不安や戸惑いは感じなかった。看護師たちが身近にいたからだろう。

こうして退院の日が迫った。海浜病院の看護師たちは、朝陽君と家族に本当によくしてくれた。彼女たちは、桂子や展利の気持ちを理解しようと、優しくそして積極的に関わってきた。その気持ちがダイレクトに二人の胸に響いた。朝陽君が産まれた瞬間から、悲しい思いも辛い思いも怖い思いも何度も経験したが、桂子も展利も看護師たちに救われた部分がとても大きいと感じている。病院とはこんなにも人間味に溢れる優しい場所なのかとしみじみ思った。

退院の日、新生児科の部長医師が朝陽君の病室を見舞った。その先生は、桂子にとっては怖い医師だった。これまで何度も、「短命だからね」「いつ急変するかわからない」と言われ続けてきた。ところがその医師が退院の日に持ってきてくれたものは、きれいに押した四つ葉のクローバーだった。桂子はその心の優しさに感動した。

こうして二〇一一年十月七日、朝陽君は生後七カ月で自宅に帰った。

第四章

短命という名の運命

1　手術をしないという選択

朝陽君の誕生から自宅へ帰るまでの話を聞く中で、展利と桂子に尋ねたいことがいくつも浮かび上がってきた。彼らが朝陽君の命をどのように受け止めて、自宅へ連れて帰るにあたり何を選択し、何を捨てたのかだ。

「以前の医療では、13トリソミーの赤ちゃんは見放されていたというのは知っていますか？」

私の質問に展利は「はい」ときっぱりと答えた。

「朝陽君の場合、何の治療もしないという選択肢は医療側から示されたんですか？」

「そういう選択肢はありませんでしたね」

当然だという顔で、展利は表情を引きしめる。

「重い病気ですよね。障害も残る。成長するかどうかもわからない。受け止めることができましたか？」

「どんな姿であっても朝陽は朝陽です。治療を受けるのが当たり前ですし、実際、先生方はとてもよくしてくれました。僕が病院から言われたのは、『朝陽君を自宅へ連れて帰りましょう』ということと、『奥さんの心のケアをみんなで考えていこう』ということですね。だからそれをそのまま言葉通りに受け取りました」

私は質問を重ねた。

「正直なところ、自宅で朝陽君を看るのは大変なことだと思います。在宅介護と言われて戸惑ったりしませんでしたか？　もっと長く病院に置いて欲しかったのに、退院を急かされたということはないのですか？」

「朝陽には無呼吸発作がありましたから、自宅に帰ってそれに対応できるのかという不安はもちろんありました。ですが、不安があるから病院にい続けるというのは、発想としてなかったですね。七カ月も病院にいて、試験外泊までして状態が落ち着いていたのだから、家へ帰るのは当然という感じでしたね」

私はその時、もし新生児科の医師から、「朝陽君の命を諦《あきら》めたらどうですか」と聞かれたら、何と答えたか聞こうかと思った。しかしそれはあまりにも愚問だ。答えは決まっている。私は質問を変えた。

「では手術はいかがですか？　手術を受けてから退院した方が、安心して在宅介護ができるんじゃないですか？」

朝陽君の動脈管開存に対して、新生児科は薬物療法をおこなった。しかし効果はなく、副作用だけが出た。動脈管開存は重度の奇形ではないため、手術自体は容易と言ってもいい。もし朝陽君が健常児ならば、薬物療法が効かなかった以上は手術になっていたはずだ。動脈管開存は自然に治ることがある一方で、血液の流れが悪くなって心不全になる可能性もある。

桂子は割り切ったような表情で語った。

「朝陽の場合は、動脈管の手術をすればそれですべてが解決される訳ではありません。もしそうならば手術を選んだと思いますけど。だから自然に任せていいかなと思いましたね。自然に動脈管が閉じてくれれば一番いいので、手術はしないでくださいと先生にお願いしたんです」

「なるほど。では、口唇口蓋裂は手術しようと思いませんでしたか？」

口蓋裂とは、口の中の上顎が裂けている状態を言う。このため口の中と鼻の中がつながってしまう。飲む、食べる、言葉を発することが著しく障害される。ただ、朝陽君の場合は口蓋裂を治しても、食物を飲み下したり、会話をすることはあり得ない。くり返すが、脳が発達していないためだ。

口唇裂は、手術しないで放置すればかなり目立つ。現に桂子は朝陽君の見た目を気にして、外出の時に鼻の下にテープを貼っている。そうであるならば、手術をして見た目を整えるという考えがあってもいい。

展利は、少し考え込んでから口を開いた。

「まあ、考えはしましたが、手術を受けたいとは思いませんでしたね」

「何故ですか？　全身麻酔をかけられるとか、朝陽君の体にメスが入るとか、そういうことが嫌だったのですか？」

桂子は「別に私はその必要を感じませんでしたね」とあまり感情を込めずに答えた。

展利の答えはまたもや意外であった。

「いやあ、顔を手術したら誰になっちゃうの？　っていう感じでした」

「誰になっちゃう？」と私は思わず聞き返した。

「手術したら、朝陽じゃなくなっちゃうような気がしたんです」

展利は「手術したあとの顔を想像できないよね？」と桂子に同意を求めた。桂子もうなずきながら、「手術で唇を閉じてどうするのって感じかな」と返した。私には、彼女の言う「どうするの」という言葉の意味がよくわからなかった。桂子には朝陽君の顔を可能ならばきれいにしたいという気持ちがあるはずだ。

「それはつまり、13トリソミーという大きな病気の中では、取るに足らないことという意味ですか？」

桂子は「そうかもしれません。入院していた頃は、命がどれだけ保つかという話ばかりでしたから、口の手術をすることに頭が回らなかったのかもしれません」と小さく首をかしげた。

結局、口唇口蓋裂も多指症も、医師の方から積極的に手術を提案されたことは一度もなかったらしい。ただ朝陽君が退院したあとで、展利の父から、口唇裂の手術を受けないのかと聞かれたことがあったという。展利は手術に関して自分でいろいろと調べてみたものの、やはり手術を受けたいという結論には至らなかった。

その心理を展利はこう解説する。

「口蓋裂の手術も、心臓の手術と同じなんです。もし手術をして、痰が切れやすくなるとか、唾液を飲み込めるようになるとか、何か朝陽にとっていいことがあれば、手術を受けると思います。動脈管開存症は現時点では何も悪さをしていません。手術しても何かよくなったと実感できないでしょう。口蓋裂も、手術してもおそらく何も変わらないので、必要ないかなと僕は思っています」

2　人工呼吸器を拒否する

私はもう一歩踏み込んで、朝陽君の生命に直に関係することを訊いてみたいと思った。それは呼吸状態が極めて悪くなった時に、気管内挿管をして人工呼吸器につなぐか否かだ。繊細な質問ではあるが、私がこの先、朝陽君の家族と付き合っていく上で、絶対に避けて通ることのできない確認であった。

「手術はすべて受けないというのはわかりました。人工呼吸器はどうなんですか？　もし、朝陽君の具合が悪くなっても人工呼吸器は付けないと決めてあると、私は海浜病院の先生から聞いています」

このことは、はっきり言えば、私が地元での主治医を引き受けた理由の大きな部分を占めている。だが今、私が知りたいのは、夫婦が朝陽君の生命をどのようにとらえているのかということだった。

「はい。その通りです」と展利は、はっきりと返事をした。

「その決断はかなり大きなものだったと思いますが、いかがですか？」

「……僕の中では、それ程大きくないですね。家内に尋ねたら、彼女もそうだと賛同してくれたので、同じ気持ちなんだなと思いましたね」

「その気持ちというのは、器械によってまで生かされたくないということですか？」

展利はちょっとの間、言葉を探した。

「そこまでして……支配されたくないというか、振り回されたくないというか、人工呼吸器というのは、僕らには無縁なものと思っています。ただ、考え方は変わるかもしれない。でも今の段階ではそう思っています」

私は「支配」という言葉に戸惑った。こういった言葉を患者家族の口から聞いたことがない。昨今の風潮として、人生の終末を自分の望む形で締めくくりたいという希望が増している。全身にチューブが巻き付いたような状態で最期を迎えることに拒否感を覚える人は多い。展利は、朝陽君のそういう姿を見たくないのかもしれない。

展利は、朝陽君の命を丸ごと受け容れている。染色体異常も多発奇形も、それらを朝陽君の人格の一部と考えている。13トリソミーという障害は、展利にとって乗り越えるにあたってそれ程高い山ではなかったのだろう。だから、口唇裂の手術をして顔を変えようとはしないし、人工呼吸器に支配されたくない。家へ帰ることは当たり前で、世間の視線とは無関係に生きて、朝陽君の持っている命を精一杯、生きさせようとしているように見える。

一方、桂子の心情は何とも微妙だ。テープで口唇裂を隠しながらも、口唇裂の手術に積極的な意味を見いだしていない。諦めとに異なる受け容れの心が芽生えている一方で、完全には消化しきれない逡巡《しゅんじゅん》や悔いみたいなものが、心の中にくすぶっているように見える。愛情は確かに深い。だが桂子は、展利が乗り越えていったものをまだ登り切っていない。彼女の心の中にある二律背反は、今後、朝陽君に対する愛情が深まれば深まるほど拡大するだろうと私は予測した。

3　短命だからこその人生

誕生した日から朝陽君は、短命だという言葉をくり返し投げかけられてきた。NICUでは何度も無呼吸発作を起こして生命の危機があった。そういった場面を見せつけられれば、短命という言葉は避けられない定めとして否が応でも夫婦にのしかかってくるはずだ。

ところが展利は、人工呼吸器を拒否するという朝陽君の最期の姿を思い描いても、短命という言葉は受容していなかった。

「短命という説明はわかりますけど、うちの子にそれが当てはまるかわからない訳ですよね。彼の生きる力がどれくらいあるかによるし、先生方のお力添えもあると思います。だから、どうなるか決まっているということではない。それより、僕ら夫婦でできることは何なのかということを考えますね。もし短命と言うならば、その短い命の間にできることは何だろうと」

展利は、死と向き合うことに今の段階では意味を認めていない。短命という言葉に囚《とら》われるのは、彼の生き方にはそぐわないのかもしれない。

一方の桂子は、初めて医者の口から短命という言葉が出た時、気持ちが深く沈んだと言う。

「短命と言われて、それはそうだろうなと思いました。これだけたくさんの障害があって、長く生きられるはずがないと思ったんです。いわば未完成のまま産まれてきたような状態ですから、短命でもしかたないかなって。それに……もし長く生きても辛いだけかなって」

私は黙って次の言葉を待った。

「言いにくいというか、うまく言えないのですが、短命だからほっとした部分もあるんです。この状態がずうっと続くのは、この子にも辛いし、私も辛い。でも、いなくなるのも辛いんです。こういう状態で産まれて、これだけ打ちのめされているのに、さらにこの子がいなくなって追い打ちをかけられるのは、本当に悲しい。私はどこまで追い詰められるんだろうと思いました」

私は桂子に尋ねた。

「朝陽君の辛い状況が、もし仮に八十年続いたら、それは母親として辛いということですね？」

「ええ。だから、主人が、朝陽が我が家に来てくれたっていう言い方をしますけど、そういう余裕は最初はまったくありませんでした」

「今はいかがですか？」

「時間が経ってからそういうふうに思えるようになりました。と言うか、そういうふうに思わないと、私は立っていられないんです。だから最初の頃は、あれが悪かったのかとか、これが悪かったのかとか、自分を責めました。最終的には運命なんだと思っていますけど、年齢のことを悔やんだり、また外からそういう声が聞こえてきたりすることもありました」

そこでしばらく桂子は黙った。ややあって再び口を開いた。

「朝陽が産まれて、家族の幸せって何だろうとつくづく考えました。幸せの意味とか、何を以《もっ》て幸せと言えるのかなって……」

私はその先を待ったが、桂子はそこでまた沈黙した。そんな簡単に答えを出せる人はいないだろう。私はシンプルに彼女に尋ねた。

「朝陽君を自宅に連れて帰ってよかったですか？」

桂子が大きな声で答える。

「それはもう当然です。家に帰って願いが叶《かな》った訳ですから。用意していた服も着せてあげられたし、家族もそろったし。もし、一度も家に帰れなくて、あのままNICUで命を落としていたら、私は立ち直れなかったと思います」

この言葉は鋭く私の胸を抉《えぐ》った。

短命という言葉に、展利と桂子は押し負かされていない。展利はそれを無視し、桂子は自分を納得させて乗り切ろうとしている。夫婦にとって短命という宿命は、今の段階では正面から向き合うものではない。朝陽君がどんな状態であっても、自宅へ連れて帰って一緒に暮らすことが展利と桂子の最低限の望みであり、それが実現している以上はこの形を誰にも壊されたくないのだろう。

だから、「もし朝陽君が健常だったならば」「もし短命でなければ」という仮定の質問には、何の意味もない。短命だからと言って、朝陽君の命に意味がないと思っている人間は、朝陽君の周りにはいない。海浜病院や下志津病院の医師や看護師たちが朝陽君を懸命に支えているのは、気持ちが同じだからだろう。

障害を持った赤ちゃんの誕生を迎えると、両親には喪失感が生じるという学説がある。障害児の誕生は「期待した健康の子どもの死」だからだ。肉親の死にあたって、私たちはいつまでも悲しみに浸ることができる。そして、長い時間をかけてその悲しみの中から徐々に立ち上がっていく。

しかし障害児を授かった場合には、親の務めとして養育という仕事が待っている以上、いつまでも悲しんでいる暇はない。すぐにでも受容することを急かされる。急かされることは、いい方向にも悪い方向にも作用する。桂子と展利の場合は、それがいい方向に進んだように思える。初期の段階で躓《つまず》いてしまうと、そこから回復するのはなかなか難しい。展利の前向きな姿勢が桂子を救った部分はかなりあるだろう。

この日、夫婦から話を伺ったあと、私は、千葉県内の第一線で医療をおこなっている産科医・新生児科医・小児神経科医の間を回った。そして、胎児の生命が選別される倫理の正当性と、障害を持って産まれてきた子に対する医療の限界について質問をくり返していった。この世の中のあらゆる場所で、朝陽君のような弱い命が、一つ残らず大事にされているかどうか知りたかったからだ。勇気づけられる話が聞けた一方で、悲しい結末に至った家族の話もいくつかあり、生命倫理に明解な答えを出す難しさを改めて実感した。

こうして専門家の医師たちと対話を重ねていた頃、ある小児外科医の書いた一本の不思議な医学論文に私の目は惹《ひ》き付けられた。

第五章

五回の手術を受けた13トリソミーの子

1　不思議な論文

私が注目した論文はとても変わった結末になっていた。普通、医学論文というのはデータに基づいて考案を練り、自分の下した結論をはっきりと書く。そして、自分の医療行為や研究成果の正当性を医学界にアピールする。だがその論文の結論には揺らぎがあった。13トリソミーの子どもに外科手術をして家族に満足してもらったが、必ずしも13トリソミーの子どもに手術をするべきではないと書かれていたのだ。それは何故だろう。朝陽君の両親は手術を拒否したけれど、この論文の赤ちゃんは、何故くり返し手術を受けたのだろうか。

論文を書いた小児外科医の心のうちにあるものを詳しく聞きたいと私は思った。真夏のある夕刻に、私はJR八王子駅でその小児外科医と待ち合わせた。時間が遅いせいで暑さは和らいでいたが、駅のコンコースを行き交う人の多さで熱気を感じた。

八王子駅に隣接するビルの中にある「北原ライフサポートクリニック」で、仁科孝子医師（一九七四年・東京大学卒、前・東京都立八王子小児病院外科部長）に話を伺った。

仁科医師は、医師人生のスタートの時点にあたる研修医時代から話を起こした。

「私が研修医の頃、上司の先生から教えられたことは、13トリソミーや18トリソミーの子どもに手術をしてはいけないということでした。そもそも小児外科医がなぜ赤ちゃんに手術をするかというと、それは命を救うことによって子どもが成長していくからです。だけど、重症染色体異常の赤ちゃんは短命です。ですから、成長できないならば、目の前に病気があるからといって手術をするのは医者として正しくない、単に子どもの体に傷を付けているだけだと教育されたのです」

これは私とまったく同じ体験だ。私は、言われたままに上司の命令に単純に従っていたのだが、仁科医師はどう思ったのであろうか。

「ええ、納得できる面はありました。その頃は小児外科と成人外科の考え方の対立が議論されていた時代です。大人の医療は救命をすればいい、だけど小児は違う。生きられない子どもに対して、医学の名の下にメスをいれてはいけないという考え方です。この考え方は基本的には正しいと判断して、その後、東京大学医学部附属病院や国立小児病院（現・国立成育医療研究センター）で研修を重ねていきました」

国立小児病院というのは、日本で最大規模を誇る小児病院だ。患者も多い。13トリソミーや18

トリソミーの赤ちゃんにたくさん出会ったはずだが、そういった赤ちゃんに外科的な病気があっても手術をしないということをどう思ったのだろうか。

「普通の赤ちゃんと変わりがないんです。染色体異常の赤ちゃんには特有な顔つきがありますけれど、それでも一人ひとりに個性があって、普通に息をして、普通に生きているんです。私、そういった赤ちゃんを見て……なぜ助けてはいけないのだろうと疑問が少しずつ涌いてきました」

それは、「外科」という診療チームが掲げている治療方針に対して疑問を感じたということだろうか。

「国立小児病院では、難しい患者に対して手術をするのかしないのか、外科医と麻酔科医などが合同で会議をして決めていました。13トリソミーや18トリソミーは、会議にも上げられませんでした。もし仮に会議に上げたとしても、即座に麻酔科から却下されたでしょう。そういう子どもに手術をしてどういう意味があるのかと問われたでしょうね。私も、もし人から何故手術をしないのかと訊かれたら、生き延びない命だからと教科書的に答えたと思います。だけど心の中で、これは違うという思いが、気分として、あるいは考え方としてありました。ただ、病院の中で、自分の意見を主張してルールを変えていこうとはしませんでした」

その後、仁科医師は小児外科医としてのキャリアを積み、やがて若い外科医を教育する指導的立場になった。帝京大学医学部附属病院へ赴任し、小児外科の責任者となった仁科医師は、決定する権利を持つと同時に、その結果に対する責任を一手に負うことになる。

2　手術目前の突然死

ある日、帝京大学病院に搬送されてきた赤ちゃんは18トリソミーの先天性食道閉鎖であった。先天性の心奇形もあった。仁科医師は新生児科医から相談を受けたが、治療の対象外という結論になり、赤ちゃんの命は点滴だけで支えられていた。生後三週間を過ぎた頃、両親から申し出があった。どうしても赤ちゃんに口からミルクを飲ませてやりたい。だから食道閉鎖の手術をして欲しいという希望だった。

仁科医師はこの要求を待っていたかのように手術の決断をした。トリソミーの赤ちゃんに対する初めての手術だ。手術の手配を済ませ、明日、手術をしようと準備を整えたあと、夜明け前に赤ちゃんの心臓は、突然止まった。

この体験は仁科医師にとって強烈な記憶となって残った。

そして東京都立八王子小児病院（現在は、東京都立小児総合医療センターに統合）へ移る。この病院はベッド数が九十床で決して大型の病院ではない。ところがＮＩＣＵが三十床もあり、新生児の治療を中心とした病院である。仁科医師は部下を率いて赤ちゃんの外科疾患の手術を次々とこなしていく。小児外科医は仁科医師を含め四人程だった。三人しかいない年もあった。その年は、三日に一日の割合で当直をおこない、三百六十五日二十四時間フルオープンで患者を受け入れ手術をおこなった。病院全体のベッド数は少なくても、勤務の忙しさは体力の限界を超えるものがあった。実際、仁科医師は過労で倒れたこともある。そして帝京大学病院の時とまったく同じような経験にぶつかる。

「ある時、18トリソミーの赤ちゃんが産まれてきて、その子には食道閉鎖がありました。手術をするかどうか、この赤ちゃんに関しても私たちは悩みました。ところがご両親が生後六日の段階で手術をして欲しいと言ってこられたので、私たちは準備に入りました。でもやはり翌朝未明にその子は亡くなったんです」

手術の直前に心臓が止まってしまう赤ちゃんに続けざまに出会い、仁科医師は改めて「短命」という言葉を深くかみしめた。研修医時代の上司の言葉はやはり正しく、トリソミーの赤ちゃんには手術をしないというのが適切な判断に思えてきた。

だが果たして本当にそうだろうかと仁科医師は考える。

「短命と言っても、ご両親にとってはたとえ一週間でも意味のある命だったかもしれませんよね？　それと同時にこうも思いました。二人の赤ちゃんは、手術を受けたくなかったのかなと。まあ、私の勝手な思い込みですけれども、赤ちゃんに手術を拒否されたような感傷が涌きましたね」

上司の教えに反発する思い、現実を見せつけられた時の仕方がないという気持ち、そしてまるで赤ちゃんに手術を拒まれたような落胆する心が交錯する。仁科医師の気持ちは大きく揺れ動いていた。そして二〇〇〇年に13トリソミーの赤ちゃん、薫君（仮名）に出会う。

3　手術してくれないのですか？

薫君は低出生体重児として産まれ、呼吸障害のために八王子小児病院へ搬送された。薫君には口唇口蓋裂・多指症・多趾症《たし》・小耳症《しょうじ》があった。ところが幸いなことに、手術を要するような心奇形はなかった。染色体検査の結果は13トリソミーを示していた。

病院の治療方針は、胃管を使って栄養を送り込むことはする、しかし、呼吸が止まった時には気管内挿管や人工呼吸管理はしないというものであった。つまり通常の治療はするが、救命や延命といった命に関する治療はしないということだ。両親もこれに同意した。これは新生児科だけの単独の判断ではなく、病院全体で会議を開いて意思の統一を図った。

だが薫君は短命ではなかった。

胃管を使った栄養によって、薫君は成長し一歳を越えた。医師たちは薫君を自宅へ帰すことを考え始めた。両親も喜んでそれに賛同した。自宅へ帰るにあたり、両親は薫君の口唇裂を気にするようになり、口唇裂の形成手術がおこなわれることになった。口唇裂の手術は、いかに仕上がりをきれいにするかが問題なので簡単には済まない。手術は二回に分割しておこなわれ、薫君は一歳七カ月と一歳十カ月の時に手術を受けた。

二回目の手術が終わった直後に異変が起きた。薫君のお腹がぱんぱんに張ってしまい、黄色い腸液を嘔吐し始めたのだ。急変の報を聞いて仁科医師は病棟に駆けつけた。腹部のX線写真と腸の造影写真を撮影し、「腸回転異常症による腸捻転」という診断を付けた。もちろん、口唇裂の手術をおこなったこととは何の関係もない。薫君には元々腸の先天奇形があり、それが症状を現さずに隠れていたのが、この時期になって突然、腸捻転となって薫君を襲ったのだ。

普通の子どもであれば、何の迷いもなく開腹手術だ。早くお腹を開けなければ腸が腐ってしまう。ここに至って仁科医師は、13トリソミーの子どもに手術をおこなうか否かの判断を迫られた。言ってみれば、研修医の頃からずっと疑問に思っていた命題に対して自分で回答しなければいけない状況に立たされたのである。

薫君の母親がずっとベッドサイドの椅子に座っていた。母親が仁科医師に問いかける。

「先生、痛いんですか？　薫はすごく機嫌が悪いんですけど、痛いんですか？」

仁科医師は即答していた。

「すごく痛いと思いますよ」

「痛いのを取ってやれないんですか？　外科ではこの子を手術してくれないんですか？」

仁科医師は考え込んだ。この子はもうすでに口唇裂の手術を二回もやっている。だから手術をやってはいけないというルールはない。もし手術をしないのならば、この子の命を見放すということになる。その場合、何ができるだろうか？　痛み止めとして麻薬を使ったとしても、薫君の腸捻転の痛みは取れないかもしれない。痛みを取るためにも手術が必要だ。

その時、時刻は深夜だった。病院の各科の医師を招集して会議をやることなどとても現実的ではない。仁科医師は自分一人の意志で手術をおこなうことを決断した。

外科には、もう一人、若手の医師が病院に泊まっていた。あとは麻酔科だ。当時の八王子小児病院は、病院長がただ一人の麻酔科医だった。仁科医師が病院長の自宅に電話を入れると、病院長はすぐに車を飛ばして病院にやって来た。こうして手術がおこなわれた。

短命という言葉でくくられる13トリソミーの薫君に手術をおこなうことで、仁科医師は、患者の痛みを取ることも、目の前の病気を治すことも、そしてその後の命を延ばすことも同時に成し遂げた。

しかしこの手術は小児外科と小児科の間に大きな軋轢《あつれき》をもたらした。

元々は、薫君に対して救命処置や延命処置はおこなわないというのが病院全体のコンセンサスであった。それが仁科医師の一晩の、そして一人の判断で崩れたのだ。小児科の医師の中には、トリソミーの子どもを治療をすることに対して非常に否定的な考え方を持つ人間もいた。そういった医師は、薫君が心停止をきたした場合に、心臓マッサージをしてもいいのかということに関して疑問を持っていた。「外科医が手術をするからこういうことになる」と仁科医師の緊急手術を否定的に捉える医師もいた。

この先、薫君を誰がどのように診ていくのか、小児科と小児外科の間で何度も会議がもたれた。しかしそれは医学論争ではなかった。医学的にどちらが正しいという問題ならば、議論の末に決着がある。だが薫君の場合は、医師の哲学の相違が両科の考え方の違いになっていた。議論の決着を見ない間、両親の不安は募るばかりであった。薫君が産まれた時には、延命治療はしないということに同意していた両親は、いかなる手段を使っても薫君を長く生かして欲しいと、この頃には考え方が変化していた。

仁科医師は、そんな両親の気持ちを聞くに及び、小児科の医師たちに宣言した。「今後、薫君は外科で診ていきます」と。

その後、薫君の腸の奇形は一筋縄にはいかず、二歳と五歳の時にさらに開腹手術を要した。口唇裂の手術を含めれば、薫君は合計で五回もの手術を受けたことになる。腸の切除をくり返したため、腸の長さが不十分になり、中心静脈栄養という点滴の管を心臓の近くにまで入れた。この管から高カロリー輸液という特殊な点滴をおこない、胃管から注入する栄養剤と同時並行とした。

薫君は、在宅介護と八王子小児病院での入院治療を交互にくり返すように時を重ねていった。非常にゆっくりだが精神の発達も見られるようになり、親しく接する人には、薫君の表情に笑顔が見て取れた。両親も、外来に顔を出すたびに満足そうな笑顔を見せていた。

ただ、まったく平穏に自宅での生活ができていた訳ではない。痙攣は月に何度か起きていたし、それがひどくなれば呼吸が止まることもあった。両親はいつでもアンビュー・バッグで肺に酸素を送り込む心構えをしていた。

4　一人ひとりが違う子

13トリソミーの子どもを手術したことは仁科医師の心に何を投げかけたのだろうか。

「大本にあった考え方は、手術してはいけない、助けてはいけないというものでしたが、薫君を見て、同じ13トリソミーでも一人ひとり違うし、やはり生きているという事実は重いと感じました。13トリソミー・18トリソミーという概念ですべて一緒くたにしてはいけないと思います」

では、トリソミーの赤ちゃんに対して積極的に救命をしていくべきだと考えているのかと問うと、仁科医師はそれも少し違うと言う。

「手術を受けると、手術のあとで人工呼吸器管理になってしまう。もしその期間を乗り越えて、赤ちゃんが元気になればいいのだけれども、もし、人工呼吸器を付けている間に亡くなってしまえば、親との触れあいの時間を減らしたことになります。それはよくありません。だから、手術をおこなうことで、親子が一緒にいられる時間が増えるのか、減るのか、それを考えるということが、一人ひとり違うと言った理由なんです」

しかしそれは相当に難しい判断だ。答えを知っているのは神様だけかもしれない。そう言うと仁科先生はにっこりと微笑んだ。

「ええ、だから家族と一緒に考えるんです。薫君の場合は両親があいう結論を出してくれました。だけど、もしあの時に親が、『もういいです、これは薫の寿命です』と言ったら自分はどうしたのだろうかと今でも考えるんです。親を説得して手術をしたのか、それとも諦めて大量の麻薬を使って眠らせてしまったのかなと」

命の選択を巡って誰にも正答を出せない時がある。仁科医師は、決めるのは親であり、責任を負うのは医者であるべきだと考える。

「どうしても諦めざるを得ない命があるのも事実です。手術をしないというのも立派な選択です。しかし手術を受けないと親が結論を出す時は、その最後の決定は医師がすべきです。だってご両親は、お子さんの思い出と共にずっと生きていく訳ですよね。あとになって手術をお願いしておけばよかったと後悔することもあるかもしれません。そういう心の重荷を親に負わせないように、形としては、最後は医師が決めるようにすべきです。親が手術をしないでくださいと言ったからそれに従うという態度は、小児外科医としてはいけないと思います」

薫君に対しておこなった三回の腸の手術は、子どもがよりよく生きることの意味の再考を仁科医師に迫った。仁科医師が辿り着いた結論は、「結論を決めない」ということだった。

そして人間らしく、よりよく生きるというのも重要だ。ある施設からの報告では、食道閉鎖を伴う18トリソミーの赤ちゃんたちに手術をしたところ、結局、赤ちゃんの生存期間はさして延びなかったという。そのデータを単純に解釈すれば、18トリソミーの赤ちゃんに食道閉鎖の手術をしても意味がないということになる。

「食道閉鎖の手術というのはかなり大がかりな手術です。生存期間が延びなかったと言いますが、逆に言えば短縮もしなかったということです。つまり命を縮めるような手術ではなかったという考えも成り立ちます」

こういった手術が赤ちゃんにとって命を脅かすリスクでないならば、場合によっては赤ちゃんの延命につながるケースが出てくるかもしれない。そうならば、手術をやる価値はあるということになる。

「手術のあとにずっと人工呼吸器から外れなかったのならば、あまりよかったと言えないでしょう。でも、もし呼吸器から外れることができて、口からミルクを飲むことができたらどうでしょうか？　お母さんにとって手術のあとの命がたとえ一カ月でも、口からミルクが飲めたらこんなに嬉しいことはありません。これは大事なことだと思います」

私の思考は巡り巡って「短命」というキーワードに戻った。食道閉鎖の手術をしても命が延びないから意味がないと考えてしまうと、長く生きることに至上の価値を認めることになる。短命だから価値が低いというのはちょっと違っているような気がする。

そんな思いを私が口にすると、仁科医師は目を細めてうなずいた。

「はい、そう思います。たとえ短くても生き抜くことに価値があるのではないでしょうか」

よりよく生きるということが何よりも重要ならば、朝陽君の外科疾患は、彼を苦しめていない以上はやはり放置することが正解なのかもしれない。朝陽君に心臓の手術を施せば、少しは余命が長くなるかもしれない。だがそこに喜びを見いだしてしまうと、短命と定まっている朝陽君の今を否定しかねない危うさがある。展利と桂子はそれを拒んだのかもしれない。二人の決断は一見あっさりしたものに見えるが、熟慮の末にあったものかもしれないと私は思い直した。

この章の終わりにあたって書きたくないことを書かねばならない。薫君は十一歳で生涯を閉じた。病院の待合室で診察を待っている間に容態が急変し命が果てた。なぜ、急変したのかその時の担当医師にもよくわからなかったという。霧の中に溶けて消えるような命の終わり方だった。

第六章　兄の心の中にあるもの

1　親族の協力

当初は私の役目とされていた朝陽君の予防接種は、結局、海浜病院でうつことになった。定期的に海浜病院を受診しているのだから、朝陽君の状態を把握しながら注射をうってしまった方がスムーズにことが運ぶと、病院の医師たちが考え直したのだ。桂子にとっても、朝陽君を連れて海浜病院へ行ったり、私のクリニックへ行ったりするのは不安があったようで、海浜病院ですべて済ませることができるのならば、そちらの方がいいという結論に落ち着いた。

従って私の役割はさらに小さくなった。海浜病院へ行く程ではないが、ちょっと困った時に相談するという関係になるのであろう。受診しなくとも、電子メールで問い合わせてくれればいい。

七月の中旬に桂子は朝陽君を連れて、海浜病院に向かった。この日は三種混合ワクチンと肺炎球菌ワクチンの接種の予定だった。

朝陽君は一週間前からやや発熱気味で、この一週間は肺炎の予防のために自宅でステロイドを吸入していた。予防接種の直前に体温を測ってみると三十九度八分もあった。小児科の医師は慌てて朝陽君の胸部Ｘ線写真を撮影した。やはり肺炎だった。朝陽君は予防接種の予定から一転して、入院となった。入院後は徐々に体温が平熱に近付いていった。

朝陽君のその後の様子を尋ねるために、私が電子メールを桂子に書いたのはちょうどこの時だった。短期間に三度目の肺炎である。私は海浜病院へ駆けつけようと思ったが、桂子からの返信は、『今度の肺炎はあまりひどくないので、退院はもうすぐです』というものであった。

私は一安心し、退院して落ち着いたところで自宅にお邪魔させてもらおうと決めた。そして、気温が三十度を超える七月二十八日に、私は自転車を漕《こ》いで朝陽君の家へ向かった。この数日前、朝陽君の一家は転居を済ませていた。今度の家も公団住宅だが、３ＬＤＫと広い。一階だから階下の住人に気兼ねしないでいい。お兄ちゃんに勉強部屋を用意してやれたことも夫婦には喜びだった。

「散らかっていて恥ずかしいんですけど」と桂子は私を招き入れてくれた。別に散らかっていなかった。玄関を入ってすぐにリビング・ダイニングキッチンがあり、これにつながる六畳の和室が朝陽君のベッドルームだった。掃き出しの窓が開き、扇風機が回っている。

この日も朝陽君は喉をゴロゴロさせながら眠っていた。前回訪問した時と異なるのは、顔の左側を下にして寝ていることだ。だから右耳が見える。朝陽君の左耳はほとんどないけれど、右耳は普通の形だ。

リビングルームでは、小学一年生の朝陽君の兄が、テレビを観たり、ソファの上で座ったり寝転んだりのけ反《ぞ》ったりと、落ち着きなく動き回っている。展利は急な仕事が入ったため留守だった。桂子は私に麦茶を勧めてくれた。

「お兄ちゃんはエネルギーを持て余しているね。夏休みはどこかへ出かける計画はあるんですか？」と私は聞いてみた。

「八月に二回、下志津病院にレスパイトをお願いしているんです。お願いしているんですけど……」

「いいじゃないですか？　自宅での介護が持続可能であるためにレスパイトという制度がある訳ですから、家族旅行にでも出かけられたらいいと思いますよ。それとも、朝陽君を置いて出かけるのは心残りですか？」

「それもあるんですけど、前回、レスパイトの時に朝陽は肺炎になってしまったので、熱のない状態、体調のいい状態で預けに来て欲しいって、病院から言われているんです。ですから、前日まで様子を見ないと、本当に預けられるかどうかわからないんです」

「では、旅行の計画が立てられませんね。まあ、預かる側の病院としては当然そう言いますから、難しいですね」

朝陽君は寝たきりで嚥下《えんげ》ができないから常に誤嚥性肺炎の危険がある。いや、と言うよりも、常に小さな誤嚥性肺炎をくり返しているのだと私は見ている。もし一日に何回も熱を測れば、かなり体温は変動しているのではないだろうか。脳の働きの関係で体温を一定に保ちにくいということもあるが、肺の炎症は強くなったり弱くなったりしながら、常にくすぶっているのだろうと私は推測している。

レスパイトと訪問看護は朝陽君の家族を本当に助けている。では、桂子や展利のきょうだいや親はどうなのだろうか。どのくらい朝陽君に対する理解があって介護を手伝ってくれるのだろうか。

桂子が説明してくれる。

「私の両親は、私たちが結婚する前に病気で他界しました。ですからうちのパパは、私の両親に会ったことがありません。私の姉は、ここから自転車で行き来できる距離のところで美容室をやっています。毎週火曜日が休みなので、週に一回はここに来て朝陽の面倒を見てくれます」

「それは有り難いですね。最初から、抵抗なく？」

「初めは朝陽を見て驚いていました。でも、すぐに抵抗なく受け容れてくれました。少しの時間ここで留守番してくれたり、逆にお兄ちゃんを連れて散歩に行ったり」

「でもさすがにアンビュー・バッグは押せないでしょう？」

桂子は、くすりと笑った。

「そうですね。ですから私も近所に用事に出かける時だけです。何かあればすぐに携帯電話で呼んでもらうことになっています」

　では展利の方はどうだろうか。

「パパには兄が一人います。普通に仲のいい兄弟ですが、さすがに男なので、ここに来て朝陽の面倒を見てくれるということはありません。だけど、お義父さんとお義母さんが面倒を見に来てくれます。自宅はここと同じ町内なんです。私が朝陽のお兄ちゃんの学校の用事などで、ちょっと外出が必要な時は電話をかけると、手が空いていればすぐに来てくれます」

　赤ちゃんが病気を持って産まれてくると、舅と姑は、赤ちゃんとその母親に厳しい目を向けることが多い。パーフェクトな赤ちゃんの誕生を望む気持ちは、母よりも祖母の方が強いと言われている。その結果、母親は精神的に追い詰められて逃げ場がなくなる。

　だが桂子の場合はどうやらそうではないようだ。

「朝陽君が産まれた時の、お義父さんとお義母さんの反応はどうだったんですか?」

「お義父さんは落ち着いていました。黙って話を聞いていました。お義母さんはちょっと、うろたえてしまって……主人が電話で朝陽の様子を伝えたんですけど、その時は電話口でかなり泣いたそうです。泣きながら面会に来ていましたけど、抱っこするようになって変わっていったように思います」

　桂子は答えにくそうに小さな声で話した。

　お義父さんは現在、会社を定年退職して千葉市のシルバー人材センターで働いている。パソコンを修理したり、操作を教えたりしている。お義母さんは、小料理屋を経営しているそうだ。

　レスパイトと訪問看護のほかに、桂子の姉、義父、義母が朝陽君の介護を手伝ってくれている。家族にこれだけ支えられれば、桂子も心強いだろう。桂子の表情に切羽詰まった印象がないのは、何も私に対してよそ行きの顔をしている訳ではないようだ。

2　兄の言葉

小児がんなどの難病もそうであるが、障害児を持つ家庭において、「きょうだい」は難しい立場に置かれる。障害児の治療や介護に親が時間を取られるために、きょうだいだけが家族から蚊帳《かや》の外に置かれることがある。我慢を強いられたり、疎外感を味わうことで、自分を肯定する気持ちが育たないこともあるとされている。その一方で、介護に関して労働力としての役割を負わされることもある。だから家族の中で、きょうだいがもっとも精神的にダメージを受けるという指摘もある。

朝陽君のお兄ちゃんはまだ小学一年生だから、介護に関してはおそらく過度の期待はかかっていまい。だが、疎外感は覚えているかもしれない。そういった気持ちが表に出てくると、展利や桂子には辛いだろう。

私は、お兄ちゃんが朝陽君とどういった兄弟関係をつくっているのかぜひ知りたかった。今日、自宅を訪問した目的の一つはそこにあった。そのことはもちろん桂子に伝えてあったので、テレビを観終えたお兄ちゃんが私たちに近寄って来た瞬間を捉《とら》えて、桂子がお兄ちゃんを呼び止めた。

赤いTシャツにカーキ色のハーフパンツのお兄ちゃんは、今日もきりっとした顔をしている。

私はまず、お兄ちゃんが朝陽君の誕生を知った時のことを尋ねた。

「今から一年ちょっと前だけど、朝陽君が産まれて四日目にパパがお兄ちゃんに、お風呂で朝陽君の病気の話をしたんだよ。憶えている？」

「うん、憶えている」

「その時、お兄ちゃんは俯いて泣いちゃったんだって。憶えている？」

「泣いたことは憶えていない」

「じゃあ、病気の話を聞いてどう思った？」

「うーん……」難しい顔で言葉を探している。「うーんって思った」

だが、気持ちにぴったりの言葉は出てこなかったようだ。

「そうか。それって、がっかりしたっていうことかな？」

お兄ちゃんはうなずくような首を横に振るような小さな動作をした。

「それまでは赤ちゃんが産まれてくるのをすごく楽しみにしていた？」

「うん……」

ここから先は、私が何を聞いてもお兄ちゃんの返事は「うん」と「別に」になってしまった。

私は質問の仕方を変えた。

「じゃあ、お兄ちゃんはどんな時に朝陽君と一緒にいて嬉しいの？」

「朝陽がキックするの。ぼくの顔を朝陽がキックするのが楽しい」

「そう？　でも普通はキックされたら痛くて嫌じゃない？」

「でもキックされるとマッサージになるもん」

無理やり理屈を付けているようだ。

「そうか、マッサージか。じゃあ逆に朝陽君と一緒にいて悲しくなることはない？」

「うーん……鼻をほじほじされることかな」

私は吹き出してしまった。

「本当に朝陽君がそんなことをするの？　ええ？　お母さん、朝陽君、するんですか？」

桂子に目をやると、笑いながら何度も首を横に振っている。

私はお兄ちゃんに諭《さと》すように言った。

「それって、お兄ちゃんが朝陽君の指を自分の鼻の穴に入れているんでしょ？」

「えー、するよー。朝陽がするんだよ」

「それは悲しい話じゃなくて、二人で遊んでいる話じゃないの？」

「うーん、そうかなー。悲しい話かあ。うーん、どうかなあ」

「悲しいことなんかないか？」

お兄ちゃんはそこで考えあぐねたのか、私の質問に飽きたのか、もう座ってられなくなり畳の上を転がり始めた。

「じゃあ、違う話ね。兄弟喧嘩《げんか》なんてしないの？　お兄ちゃんは怒ったりしない？」

「うーん。ないかな」

「そう。じゃあ、朝陽君と何をやっている時が一番楽しい？」

「パパが本を読んでる時。ぼくと朝陽が一緒に聞いている時。『呪いのレストラン』とか」

「怪談話か。怖いでしょ？」

「こわーい。昨日ね、パパが本を読み出したら朝陽がこんなふうになったの」

そう言ってお兄ちゃんは、畳の上で「おーん、おーん、おーん」と喚《わめ》きながら手足をじたばたさせ始めた。

「ははは。朝陽君も話が怖かったんだね。ところで、この間、パパに聞いたんだけど、お兄ちゃんは朝陽君のほっぺを舐《な》めたり、足を噛んだりするらしいじゃない？　何でそんなことをするの？」

「噛むんじゃなくて、足をチュパチュパって吸っちゃうの。ほっぺもズーって吸っちゃうの」

と、お兄ちゃんは愉快そうに喋り始めた。

私は「そうか、朝陽君のことが可愛いんだ？」と言って、お兄ちゃんの瞳を見た。

お兄ちゃんは「うん」と、はっきり返事をしたが、小さい声だった。

「そうだよね。兄弟だもんね。ところで、夏休みはどこかへ行く？」

「……朝陽が」と呟《つぶや》くように言って、眉根を寄せた。戸惑っている顔にも、面白くないという表情にも見えた。

「そうか……。でも行くとしたら、どこ？」

「アンデルセン公園！」

お兄ちゃんはそう叫ぶと、以前に行った「ふなばしアンデルセン公園」のフィールドアスレチックの面白さを大きな声で、身振り手振りを交えて語り始めた。なかなか終わらない。熱弁を振るうという感じだ。かなり長い話が終わると、「ママ、自転車で遊びに行ってきていい？」と立ち上がった。

3　よそで弟の話をしない

お兄ちゃんを送り出すと桂子は小さく吐息を漏らした。それまでは身を硬くしてお兄ちゃんの話を聞いていた。固唾《かたず》を呑むという雰囲気だった。その気配がわかったので私は尋ねてみた。

「こういう機会がないと、お兄ちゃんが朝陽君をどう思っているかなんて、家族で話すことなどないでしょ？」

桂子はうなずいた。

「照れ隠しだと思います、あの騒ぎ方は。本当の気持ちを喋ると泣いちゃうから」

そう言う桂子の瞳が少し潤んでいるように見えた。

「そうですか。やはり単純な思いではないんですね」

「お兄ちゃんは、よそで朝陽の話をすることはありません。先日、小学校の担任の先生と面談があったんですけど、一学期の間、お兄ちゃんが朝陽の話をしたことは一切なかったそうです。心の中のどこかで引っかかっているものが大きいのだと思います」

小学一年生の子どもの口から多彩な言葉は出てこないのは、当たり前だろう。しかし彼の感情は複雑で深い思いがあるようだ。朝陽君を語る時の言葉の少なさと、アンデルセン公園に行った時の楽しさを語る饒舌さのコントラストがそれを示している。語ろうとすれば切なくなるのかもしれない。

「お兄ちゃんは、朝陽を恥ずかしく思っている部分もあるようなんです。朝陽を連れて出かける時とか、うちにお客さんを招く時とか、あの子、『朝陽のお口のところにテープを貼らなくていいの？』って聞くんです。初めてのお客さんの時は、耳がないことや指が六本あることを知ってるのかを気にするんです」

だけど桂子には、時々、お兄ちゃんがどこまで朝陽の障害を理解しているかわからなくなることもあるという。それは自分が乗っていた古い自転車を、「これ、朝陽にあげるから捨てないで取っておいて」などと言ったりするからだ。

六歳の子どもは未来を思考することはあまりない。だから朝陽君がこのあと、どういうふうになっていくのか想像が付かないのだろう。お兄ちゃんなりの優しい気持ちで、自転車を譲ってあげたいに違いない。

お兄ちゃんが朝陽君に対してどういう思いを抱いているかは、今後、彼の態度を見守っていく中で判断していくしかないだろう。まだ、言葉よりも態度で表現する年齢だ。父親に溺愛されて育ってきたお兄ちゃんが、親の愛情を朝陽君に丸ごと持っていかれない限り、彼が自己否定の気持ちに陥ることはないはずだ。

その時、お兄ちゃんが外遊びから帰って来た。少しの間テレビを観ていたが、おもむろに立ち上がると猛然と朝陽君のベッドに向かって突進した。勢いよく柵を乗り越え、朝陽君に覆い被さるように体を預け、朝陽君のほっぺを舐め回し、その次は朝陽君の右耳を噛み始めた。

「あれれ、すごいね」

私はお兄ちゃんの勢いに圧倒されて、思わず立ち上がってしまった。

「やめなさい、嫌がっているじゃない」と桂子がたしなめるが、お兄ちゃんは構わず続ける。

「朝陽君、つぶれちゃうよ」と私が声をかけると、お兄ちゃんはようやく耳をくわえるのをやめた。そして得意そうに言う。

「この間もこんな顔をしたんだ！　パパが『怪談レストラン』を読んだ時。あの時もこんな顔！」

「わかった、わかった。お兄ちゃん、もういいよ」と私はお兄ちゃんを制した。

お兄ちゃんのこの行動は、朝陽君への愛情としてのスキンシップなのかもしれないが、少し度を越えているように映る。母親が、私と一緒にずっと朝陽君の話をしていることにいらいらしているのかもしれない。それとも自分の行動に対する反応が欲しくて、朝陽君が嫌がる表情をつくるまで、耳を噛んでいるのだろうか。

「お母さん、夏休みの旅行、ぜひ実現できるといいですね。生活のすべてが介護だととてもやっていけませんから、必ず休憩をとってください。今度会うときは、家族旅行の話を教えてください」

私はそう挨拶をして朝陽君の家を辞した。桂子が玄関まで送ってくれたが、お兄ちゃんは無視だった。真夏の太陽がじりじりと照りつけていた。私はメッセンジャー・バッグから水筒を取り出し、冷えた水を一口飲み込み、自転車に跨《またが》った。

第七章

祖母の独白

1　怖くて抱けない

クリニックの仕事を終えて外に出ると、辺りはまだ明るく、四方八方から蝉の鳴き声がうるさいくらいに押し寄せてきた。千葉モノレールのとある駅で降りて、十分程歩く。私は、住宅街の一隅にある「和佳奈」という小料理屋へ行き着き、暖簾《のれん》をくぐった。

やや薄暗い店内で女将が待ち構えていたように立っていた。黒いサマーセーターにグレーのチェック柄のエプロンを身につけている。

「いらっしゃいませ。こんばんは」と彼女は声をかけてきた。

私は女将の顔をまじまじと見詰めた。尋ねるまでもない。展利にそっくりだ。私が自己紹介するよりも前に、展利の母が声をかけてきた。

「松永先生ですよね？　桂ちゃんから、先生が来るかもしれないと聞いていました。だからすぐにわかりました。お会いしたかったんです。先生が来なければ、私がクリニックに行って話をしたいと思っていました。ささ、座ってください。何をお飲みになります？」

私は彼女の勢いに押される思いだった。店内はカウンター席が六、七席ほど。奥には座敷があるが、電灯が消されており普段はあまり使われていないようだ。私以外に客はおらず、カウンターの中央に腰を落ち着けて目を上げると、ホワイトボードに本日の料理メニューが十品くらい並んでいる。表の看板には「季節の味」と書かれていたが、私には「家庭料理」という言葉が思い浮かんだ。

朝陽君の祖母は、生ビールとお通しを出すと、私の隣の椅子に腰掛けた。そして店内にいた親友というもう一人の女性を紹介してくれた。彼女には店の仕事を手伝ってもらっているとのことだ。二人で一緒に朝陽君やお兄ちゃんの面倒を見に行くこともしょっちゅうで、朝陽君兄弟にとって彼女はもう一人の「ばば」だ。

展利の母は私の目をじっと見詰めると、この日、一番言いたかったことを真っ先に言った。言いながら彼女の目にはたちまち涙が浮かんでいった。

「朝陽の病気は、染色体異常って言うんでしょう？　13トリソミーって聞いています。朝陽が産まれてうちの家族の中で一番打撃を受けたのは、桂ちゃんじゃないですか？　自分が産んだ赤ちゃんに病気があって、女としてすごくショックだと思いますよ。桂ちゃんには両親がいないでしょう？　早くに亡くなられて。だから私たちが、桂ちゃんの両親の分まで支えになってあげたいんです」

私は小さくうなずいた。

「本当だったらもっと桂ちゃんを助けてあげたいんだけれども、私もこういうお店をやっているでしょう？　そうすると、桂ちゃんは遠慮してあれこれ頼んでこないんです。だからそれが本当に可哀想というか、痛々しいというか、もどかしいんです。自分の親がいれば、普通はもっと甘えたり愚痴を言ったり、いろいろと言うでしょう？　だけど桂ちゃんにはそれが一切ないんです。だから桂ちゃんが不憫なんですよ」

私は、桂子が義母に対して非常に厚い感謝の念を抱いている様子を伝えた。それを聞くと彼女は少し安心したように語調を落ち着かせた。

「朝陽は、目も見えないし、耳も聞こえないし、口もきけないでしょう？　でも、あの子に触ったりすると反応が返ってくるんです。手を動かしたり、足を動かしたり、可愛いですよ」

祖母の話が続く。

「桂ちゃんは、優しいし、強い子です。泣き言は言いません。展利は仕事があるから、仕事の時は子どものことを忘れるでしょう。でも、桂ちゃんはずっと家で朝陽と一緒にいて面倒を見ているんです。私はね、もうちょっと力を貸してあげられたらいいのに、向こうの親になりきれていないんです」

そう言ってしんみりとなった。

朝陽君が産まれた時、展利から電話で染色体異常のことを聞かされて祖母がショックで泣いたという話を私は思い出した。その涙から始まって、朝陽君を受け容れられるようになるまでのことを尋ねてみた。

「電話をもらった時はびっくりして涙が止まりませんでしたよ。なぜ？　なぜ？　ってそんなことばかり考えていました。何で産まれる前にわからなかったのだろう？　何で、産科の先生は染色体の検査をやってくれなかったのだろうって。出産の日、夫婦で海浜病院に出かける時、桂ちゃんは笑顔だったんです。今にして思えば心配をかけまいとしていたのかもしれないけど。病院に着いてすぐに帝王切開でしょう？　赤ちゃんの命どころか、母親だって危ないって聞いて、びっくりです。それがその上、難しい病気の子が産まれて。私、次の日に面会に行ったんです。朝陽に会いました」

しばらく黙った後で話を続けた。

「痛ましいですよ。怖かったです。私、怖くてその日限りで朝陽に面会に行けなくなったんです。え？　だって怖いじゃないですか？　怖くなってしまったんです。どうしても病院へ行く気になれなかったんです」

では何が祖母の心に変化をもたらしたのだろうか。

「朝陽が産まれて十日くらいかな……展利がこの店に来て怒り出したんです。『母さんは、朝陽をお兄ちゃんと差別してる！　朝陽を認めていない！』って。私は差別しているなんていう気は全然ないんですけど、展利にはそう見えたんでしょう。お互いに感情的になりましてね、ちょっと距離を置いて冷静になろうと別れましたけど、展利は完全にふて腐れていましたね」

だがそれで彼女の心に変化が生まれたのではないと言う。

「それから何日かして、展利が謝りに来たんです。何でも、その時のことを桂ちゃんに話したら、桂ちゃんが展利をものすごく叱ったそうなんです。それで展利は反省して、『お袋、ご免な、この間は悪かった』って。私はそれを聞いて、勇気を出してもう一度、朝陽に会ってみようと思いました」

二度目の面会だ。この時は朝陽君を見てどう思ったのだろうか。

「それがすごく可愛かったんです。ええ、確かに同じ顔です。でも朝陽は一生懸命生きているんです。それが可愛いんです。この世に授かった命を懸命に生きているというのが伝わってきたんです。だから抱っこしたんです」

桂子は、義母は朝陽君を抱っこしてから変わったと言っていた。

「重かったんです。その重さが嬉しかったんです。産まれた時は千五百グラムですよ。手も足も細くて怖いくらいでした。それが二週間経って、朝陽はふっくらしていたんですよ。それからはもう、可愛くて可愛くてしかたありません。その後は面会するたびにどんどん重くなっていくし、体に付いているチューブもどんどん少なくなっていくんです」

女性が腕に抱く赤ちゃんの重みは、生命の喜びそのものなのであろう。祖母は二度目の出会いで朝陽君を受け容れたのだ。

「それからは、できる限りのことをみんなでやろうと本音で語り合いました。主人ともそういう話をしました。限りある命だということはわかっています。主人がインターネットで調べてみたら、外国では何十歳、国内では十何歳と、13トリソミーで最も長く生きた人の記録も見付けました。普通は一歳までは生きられないと聞いていますけど、今、朝陽は一歳六カ月です。だから本当に運命に感謝しています。だけど、長く生きるということは、本人の生命力もあるけど、周りの愛情も大事ですよね。展利と桂ちゃんを周りが応援すれば、それが朝陽の命につながるのかなと思うんです」

2 心配なのは兄

受け容れたあとの祖母の姿勢は一転した。怖いという気持ちは完全に消えて積極的に介護に関わっていくようになる。祖母の話が続く。

「朝陽が退院するにあたって、『夫婦の他に朝陽君の面倒を見られる親族はいますか？』って聞かれました。だから私、ミルクの入れ方も練習したし、今、留守番に行ってミルクを入れる時は聴診器で管が胃に入っているか、ちゃんと聴くんです。え？ ほんとですよ、こうやって管から空気を入れて、聴診器で朝陽のお腹の音を聴くんです」

現在の朝陽君の介護に関しては、祖母はあまり心配していないと言う。訪問看護を含めて多くの人が介護に参加しているから、朝陽君には充分なケアがいき届くだろうと考えているのだ。心配なのは、兄である。

「朝陽のお兄ちゃんの心は、けっこう複雑なんです。先日もプールに連れて行く約束をしていました。それで自宅にお兄ちゃんを迎えに行ったんです。するとなぜかお兄ちゃんが家の前で……家の中じゃなくて、家の前で私を待っているんです。私が、『お兄ちゃん、ちょっと待って。朝陽君に会いたいからちょっといい？』って聞くと、お兄ちゃんは大むくれになるんです」

祖母が朝陽に会うことをブロックしようと玄関で待ち構えていたのだ。

「お兄ちゃんは、朝陽が産まれることをものすごく楽しみにしていたのに、病気で産まれて本当にがっかりしていました。でも、朝陽が好きで、でも一緒に遊べないといらいらしてしまうんです。そして周りが朝陽を可愛い、可愛いと言うと、ものすごく焼き餅を焼くんです。お兄ちゃんの気持ちは簡単じゃないと思いますよ。外では絶対に朝陽の話をしませんから。本当だったら学校で弟ができたって自慢したかったと思うんですよ。

昨日もお兄ちゃんはここに遊びに来たんです。ボールを放ってそれをバットで打つんですね。するとお兄ちゃんは、『十回のうち五回バットに当てたら、お祖母ちゃんは朝陽に触っちゃダメ』って言うんです。あの子の気持ちを考えると何とも言えない思いになりましたよ」

その時、店に客が入って来たために会話はそこで途切れた。少しの間のあとでそのお客と言葉を交わしてみると、彼はこの店の常連客で朝陽君のこともよく知っているとのことだった。

3　展利と父の関係

私は話題を朝陽君の祖父のことに移した。展利や桂子の話では、祖父もとても朝陽君を可愛がっている。そのことを尋ねた。

「ええ、ものすごく。主人は、昔はあんなふうじゃなかったんですよ。展利たちが産まれた時などは、全然可愛がりもせず、抱っこすることも、肩車することも、それこそ何もしませんでした。昔で言う会社人間だったんです。ＮＥＣに勤めてコンピューターの仕事をしていて、朝は早い、夜は遅いで、子どもなんか鬱陶しいっていう感じだったんです。だから面倒なんて一切見ませんでした。だから私は主人に、『その償《つぐな》いを孫にしなさい』と言いました。すると主人も歳を取ったのでしょう、展利がお兄ちゃんや朝陽を可愛がるのを見て、『ああ、俺はこういうことをしたことがない。展利は偉いな』って言うんです。今は本当に孫たちを可愛がっていますよ」

私は、朝陽君を海浜病院に見舞った時に、朝陽君の祖父に会っている。朝陽君のいる個室で一時間近く桂子と話をしていた時に、祖父がぶらりと病室に入ってきて「おお、どうだ？　朝陽、顔色よさそうだな」と声をかけてきた。私が「地元の朝陽君の主治医です」と頭を下げると、「ああ、そう。それはご苦労様」とちらりと私に目をやって、悪く言えばぶっきらぼうに挨拶を返してきた。祖父は朝陽君の退院に備えて、不要になった身の回り品を整理して運びだそうとしていた。作業が終わると、「じゃあな、朝陽」と言って、分厚い手で朝陽君の頭を鷲掴みするようにごしごしとなで回した。朝陽君の頭はぐらぐらと揺れた。私はそれを見て驚いてしまった。

客がさらに増えた。そろそろ話をやめなければならない。

最後に一つ聞きたいことがあった。それは展利の生き方だ。人目を気にしないで、自分のスタイルで行動していくあの生き方。あれは、親が教えたのか、それとも自分でつくりだしたものなのだろうか。

祖母は「そうですねえ」と考え込んだ。

「正直に言うと、私自身は人目を気にする生き方でした。人から教育ママだと言われたこともあります。だけど展利は、私の言うことはことごとく聞きませんでしたね。そして主人の仕事ぶりを見て、『俺はホワイトカラーにならない』と宣言したんです。それで今の仕事に至っているんです。父親とは違う人生をみずから選び取ったんでしょうね。ええ、反発もあったかもしれません。

私の母親、つまり展利の祖母ですが、祖母はよく展利に言っていました。『目の前に困った人がいたら、自分の器量の範囲の中で必ず助けてあげなさい』と。その言葉は展利には大きかったようです。人を助けること、そして感謝すること、そういうことだけは展利に伝わったような気がします。あの子は結婚する前、引きこもったりした時期がありましたけど、私が親として見捨てちゃいけないと、それだけは思っていました。好きで産んで育てた子どもでしょう？　どんな子どもでも親が丸ごと認めてあげないといけないと思って、見守っていましたよ」

そういった母親の愛情の形は展利に受け継がれている。母が、引きこもりだった展利を受け容れたように、展利は朝陽君の存在を無条件に受け容れている。仕事一筋だった父に対して反発心を持ったことは間違いない。それがブルーカラーとして働くことを決意させ、我が子を溺愛するということで、父親を乗り越えようとしたのだろう。青年期の展利は親から学んだ有形無形のものを自分の価値判断のふるいにかけて、自分の生き方を決めた。ブルーカラーになるしかなかったのではなく、ブルーカラーを選んだ。その価値観があるから、展利は自分の生き方に自信を持っている。朝陽君を抱っこすれば自分と一体化でき、世間の目を気にせず太陽の下を歩けるのではないだろうか。

私が支払いを済ませて席を立つと、朝陽君の祖母が言葉を継いだ。

「あの夫婦の子どもだから、朝陽は幸せなんだと思いますよ。あの夫婦のところに産まれて朝陽は本当によかった。桂ちゃんの一番いいところは人に対する感謝の気持ちが強いことです。そういう気持ちが人間同士を結びつけて、みんなで朝陽を支えることにつながっているんじゃないでしょうか」

夏の夜道を駅に向かって歩きながら、私は、「朝陽は幸せ」という祖母の言葉を心の中で反芻《はんすう》した。

第八章

母親の揺らぎ

1　時間外の受診

展利夫婦は、八月の上旬と中旬にそれぞれ六日間と四日間のレスパイトを下志津病院にお願いして朝陽君を預けた。朝陽君は発熱などもなく元気に入院生活を過ごした。直前までレスパイトが可能かどうかわからなかったため、結局、泊まりがけの旅行の予約を取ることはできず、展利の仕事の都合に合わせて桂子はお兄ちゃんを連れ、日帰りの距離をあちこちへ遊びに出かけた。アンデルセン公園にも行った。

お盆になり朝陽君が自宅に戻り、また四人の生活になった。桂子にはまた眠れない生活が始まったが、レスパイトのおかげで精神的にリフレッシュできていた。

九月になり、朝陽君は体調を崩した。今までにないような声を出し、足を動かすことが増えた。喉のゼロゼロも激しくなり、顔の表情は苦しげだった。それが数日続き、特に夜になると症状が悪くなった。

その変化に桂子は戸惑い、何かよからぬことが起きているのではないかと不安になった。このままではどうにかなってしまうのではないかという心配が募った。深夜、海浜病院に電話を入れると当直医が、朝陽君を診察するので来てくださいと受け入れてくれた。朝陽君は海浜病院の時間外外来へ向かった。

この日の二日前に、朝陽君は海浜病院を受診していた。それはいつもの定期診察で、その時の血液検査などには何の異常もなかった。当直医はそのことを把握していたために、朝陽君が苦しそうにしているのは、肺炎や尿路感染症ではないだろうと判断した。現に発熱は見られない。感染症ならば必ず発熱がある。

「何かいつもと違うことはないですか」と当直医に尋ねられて、桂子はもしやと思いつつ「最近、便があまり出ないんです」と答えた。

当直医が朝陽君の衣服のお腹の部分を大きくはだけてみると、いつもより大きく膨れた丸いお腹が見えた。

当直医は「苦しがっている原因は便秘かもしれませんね。浣腸をしてみましょう」と言った。そしてこの浣腸で朝陽君は楽な表情になった。桂子はほっと安堵すると同時に、今後の便秘対策を考えることになった。医師がやってみせたように、便秘に対する最善の手段は浣腸である。翌日、桂子は早速薬局で浣腸を買い求めた。

浣腸をおこなうと確かに便が出て朝陽君は落ち着くが、やはり便は硬いままだ。そこでオリゴ糖を飲ませることにした。薬局で売っている液体状のオリゴ糖を水で薄めて、これを胃管から薬を入れる時の「押し水」にする。このオリゴ糖はたちまち効果を発揮して、便も軟らかくなり浣腸でスムーズに排便できるようになった。

ちょうどそんなタイミングで私は、呑気に『お変わりありませんか?』と桂子にメールをうっていた。朝陽君が便秘で苦戦していることを教えられて、私は「テレミンソフト座薬」という浣腸代わりの座薬を持って、休診日に朝陽君の家にお邪魔した。学校帰りのお兄ちゃんと玄関でばったり行き会った。

私が「こんにちは」とお兄ちゃんに声をかけると、お兄ちゃんは大きくうなずき、「ただいまあ」と大声を出して玄関のドアを開けた。私もあとに続いた。

2 相反する心

桂子と挨拶を交わして奥の居間に進むと、一目で朝陽君がいつもの様子と違うことに気付いた。スースーと軽やかに寝息を立てている。こんなに楽そうな呼吸は見たことがない。サチュレーション・モニターも取り外されている。これだけ楽に息をしているのならば、モニターも必要ないだろう。

私はしばらく朝陽君の顔を覗き込み、聴診器を胸に当てる必要はないなと思って、桂子の方へ振り返った。

「朝陽君、退院して一年が近付いてきましたね」

桂子は表情を柔らかくした。同時に小首を傾げるような動作をした。

「何だか……不思議な気持ちですね、とても。あの時は、ここまで長く保つと思っていませんでしたから。覚悟を決めて退院した部分もありましたし。何でしょう？　朝陽の生命力かしら、ここまで元気っていうのは」

そこまで言うと桂子は目を細めて小さく笑った。

「最近、私、朝陽が可愛くって可愛くってしかたがないんです。手足がむちむちになってきたせいかもしれないんですけれど、このむちむち具合が以前にも増して可愛いんです。もちろん、最初から可愛いんですけれど、どんどんその可愛らしさが大きくなっていくんです」

「それはいいことですね。だけど、介護が大変なのは変わらないでしょ？　アラームが鳴ったり、痰を取ってあげたり、そういう部分は変わらない一年とも言えますね？」

「ええ、そうなんですけど、そういう生活に慣れたように思います。自分のリズムとかペースが出来上がってきたので、同じことをやっていてもあまり辛くないんです。最初ほど、きつくないですね。夜中にアラームが鳴って痰を取る時も、何かこう自動的に体が反応して動いているというか、自然な流れでやっているんです」

「では、起こされていらいらするとか、どうなるのかと思ってはらはらするとか、そういうことはない訳ですね？」

「ええ、ちょっと神経が図太くなってしまって、朝陽が暴れてアラームが鳴り続けると、スイッチを切っちゃったりするんです」

そう言って、桂子は照れたように笑った。

サチュレーション・モニターは、患者が激しく動いてしまうと正確な値を拾うことができない。そうなるとアラームが鳴る。暴れているということは元気な証拠だから、こういう状態ではモニターは不要と言える。

「いいのか悪いのか時々考えちゃうんです。でも、変な緊張感を持たないで、楽な気持ちで朝陽に接するようになりましたよね。確かに、朝陽がお腹のことで調子が悪かった数日は、夜はほとんど一睡もできませんでした。だけど、朝陽には体調の波もあるんです。一時間おきに痰を取るのは基本的に変わりませんが、朝まで眠れる日もあるんです。波があるのは仕方がないことだし、その波にも慣れました。ただ、朝陽を連れて外に出るっていうのがやっぱりまだ大変なんです」

「大変と言うのは、つまり……」

「たとえば、先生のクリニックにお邪魔するとなると、待合室で地元の友人や知人に会うと思うんです。その時に、ほかの子どもがきれいに見えちゃうのかなって思ったりしてしまうんです」

「きれい？　ですか？　うーん」

意外な言葉に私はうなってしまった。

「そこの部分で一歩踏み出せない自分がいるんです」

桂子の心境は相当に複雑である。ついさっき、桂子は朝陽君が可愛くて可愛くてしかたがないと言った。それなのに、ほかの子を見てきれいと感じたらどうしようと思っている。だが、人の心とはそんなものかもしれない。正反対の気持ちが背中合わせに張り付いているのだろう。

「海浜病院の待合室にいると、朝陽をじろじろ見る人がいるんです。だけど、朝陽と同じではないにしても、いろいろな病気を抱えているお子さんを見かけたりもします。だから、あの病院の中では私は割と普通にしていられるんです。でも、自宅の近所とか、そういった日常の中へ出ていく勇気はありません。変な目で見られるのは怖いんです、今でも」

それは当然だろうと私は思った。世間に向かって朝陽の顔をわざわざさらす必要はない。展利は自分のペースで朝陽君を連れ出すが、何も桂子までが同じようにすることはないだろう。勇気がないという話ではない。

桂子の気持ちの中にあるものをもう一つ聞いてみたいと私は思っていた。それは、展利の母から話を聞いた時からの疑問であった。朝陽君になかなか面会しようとしなかった祖母に対して展利は怒りをぶつけにいった。そしてその後、その顚末を聞いた桂子は展利に怒ったという。朝陽君に愛しさを感じていた桂子からすれば、孫を怖いと言って会おうとしない義母にはいい感情を持てなくても仕方ないのではないか。

桂子の顔つきが少し険しくなった。

「パパを叱りましたよ、『余計なことを言って！』と。私にはお義母さんの心情がわかります。当たり前だと思います。お義母さんを責めるような話ではないです。私だって初めに朝陽を見た時にショックを覚えました。そのショックは誰もが感じると思います。だからお義母さんにそういう気持ち、怖い気持ちがあっても、それは当たり前です」

以前に話を聞いた時に、桂子は初めて朝陽君を見て「あんがい、可愛い」と思ったと言っている。だがやはり同時にショックも受けていたのだ。だから、自分の子どもを可愛いと思いつつ、孫が怖いと言ってしまう義母の心理を理解してしまう。

初めて朝陽君を見た時の「あんがい、可愛い」とか、現在、手足がふっくらして可愛くて仕方がないというのは、桂子の心に本来から宿っている素直な根の部分であろう。一方で、義母の心情を理解してしまう気持ちや、日常の中へ飛び出していけない毎日のあり方は、世間の感覚が桂子に及ぼす彼女の心の揺れだろう。それらが心の中で同居している。

桂子は家族の一人ひとりを思いやる気持ちを吐露した。

「お義母さんにも、お義父さんにも、心の中にショックがあったと思うんです。みんながそういう気持ちを抱えながら、それを消化して、いつかは面会に来るだろうと思ったし、どういうふうに考えるかは人それぞれという気がしたんです。だから面会に来ないといって責めてはいけないと感じたんです。主人は主人であの時期は本当に辛かったはずです。それをお義母さんにぶつけたんじゃないでしょうか?」

3　指をしゃぶる

桂子の話を聞き終えて、私は帰り支度を始めた。それにしても今日の朝陽君は本当にすやすやと眠っている。私が再度朝陽君の顔を覗き込むと、桂子が嬉しそうに言った。

「最近、歯が生えてきているんです」

まったく考えていなかった。だが、もう一歳七カ月だ。私の認識は朝陽君の成長とずれている。

「指しゃぶりもするんですよ」

「え？　指しゃぶりを？」

「そうなんです。自分で指を口元に持っていってしゃぶるんです。たまに的がはずれて口元にいかないこともあるんですけど。訪問看護の看護師さんも、『舐めてる！』って大きな声で驚いていました」

朝陽君の潜在能力の中には、私が思っていた以上に精神発達の余力がある。桂子は先日病院を受診した時の様子を語ってくれた。

「この間、注射をうたれた時の泣き声が、以前よりも全然大きいんです。お腹から声を出すように泣くんです。力強い泣き声になってきました。海浜病院の小児科の先生も『泣き方が変わってきたよね』って言ってくださったんです」

「一番初めの注射の時は泣いていました？」

「最初はシナジスを足に筋肉注射したんですけど、その時は、顔の表情だけは痛そうでしたが声は出ませんでした」

シナジスとは、ＲＳウイルスを中和する抗体である。心奇形のある子や早産児がＲＳウイルスに感染すると命取りになるため、抗体を何度も筋肉注射する必要がある。

「それが段々、声が出るようになってきたんです。最近は腕にアルコールを塗られると、次に注射が来るのがわかるらしく、ぎゅっと体を硬くするんです」

「身構える？」

「そうなんです。点滴の時に駆血帯《くけつたい》を腕に巻くと、構えるんです。看護師さんも、『あれ、わかるのねえ』って言うんです」

これは痛みを記憶しているということだろうか。もしそうならば、それは脳の機能としてかなり高いものだ。桂子が話を続ける。

「泣いたり、笑ったり、表情は増えていますよ。前は本当に寝ているだけだったのに、最近は、いやーな顔もしますよ。サチュレーション・モニターのテープを足の指に巻かれる時とか、寝ているのに体の向きを変えられる時とかですね。暑いときはタオルケットを剝いじゃうんです。そうするとおとなしくなるんです。そういう動作が少しずつ増えていますね。気が付くと、サチュレーション・モニターのテープが外れていることがあります。反対の足で外してしまうみたいなんです」

私が最初に自宅を訪問した時に、確かにそういう仕草があった。それが意志を持った動きなのかどうか判断が付きにくかったが、今でははっきりした動作と言えるようになっている。
私の頭からは、海浜病院の紹介状にあった「脳形成不全」という言葉が離れない。だが、朝陽君の脳の活動は画像診断を上回っている。笑う、泣くという表情があることに間違いないし、ゆっくりではあるが精神の成長というものがあるようだ。私は朝陽君の自宅を訪問し始めるにあたって、朝陽君が成長していくとはまったく思っていなかった。だからこういった変化は完全に予想外だった。

一進一退のなか、退院

もしかしたらこの子は長く生きるのではないかという思いが突然私の頭に浮かび上がった。来年の二月に朝陽君は二歳の誕生日を迎える。二月というのは年間で最も肺炎が多い時期だ。そこを乗り越えれば朝陽君は「短命」を突き破るのではないかと、確証はないものの私はそんなことを感じた。

ところが私の予感は、ある意味半分当たって半分はずれた。朝陽君の自宅を辞してわずか数日で、桂子から電子メールがやってきた。朝陽君はまたもや発熱し肺炎の疑いで海浜病院に入院してしまったという報せだった。だが病状は重くなかった。何度か検査を重ねてもう大丈夫と医師たちは判断し、いったんは退院が決まった。しかし入院中にもかかわらず再度朝陽君は高熱を出し退院は延期となった。

明らかに体力が付いたように見える朝陽君だが、やはりこうやって肺炎を起こしてしまう。短命を突き破るという予測は甘いのかもしれない。でも入院したあとは、すんなりと退院できないまでも人工呼吸器が必要になるような病状にはならない。そういった面から見れば、やはり朝陽君は逞《たくま》しくなっていると言える。

増悪と寛解をくり返しながら、結局朝陽君の入院は三週間に及び、十月十日に退院となった。

第九章　在宅人工呼吸で幸福を得る
――ゴーシェ病の子

1　自宅で人工呼吸器を付けた子

朝陽君の病気をこれまで13トリソミーと書いてきたが、別の概念で表現すれば、朝陽君は重度心身障害児ということになる。重度心身障害者の定義は、身体に関しては寝ているか座ることまでが可能で、知能に関してはＩＱ三十五以下だ。

朝陽君の自宅へ通ううちに、私は偶然の機会から、関東地方在住の重度心身障害児の存在を知った。知人を介して、自分たち家族の話をしてもいいと伝え聞いた。最初、私はそのご家庭に伺うことの意味を自分で咀嚼《そしゃく》できず訪問をためらった。だがよく考えてみれば、そのご家族の物語が、朝陽君たちが生きていく上での何かのヒントになるかもしれない。それに私はまだ障害児を受容するとはどういうことなのか十分に理解していないという自覚があった。私は、重度のゴーシェ病のお子さんを在宅介護する母親に、自宅を訪問することを申し入れた。

ゴーシェ病。一般の人はまず聞いたことのない病名であろう。だが医師であれば、誰でも必ず医学生の時に学んでいるので聞き知った名前だ。けれどもゴーシェ病の患者を診た経験のある医師は極めて稀《まれ》だ。ゴーシェ病自体が極めて稀な病気だからである。

この病気は、先天的な酵素の欠損によって、体の中の「糖脂質」を分解することができない遺伝病だ。過剰な「糖脂質」は肝臓や脾臓、骨髄に蓄積し様々な臓器障害を引き起こす。さらに恐ろしいタイプのゴーシェ病では、「糖脂質」が脳に溜まる。そうなると、呼吸や飲み込みの神経中枢が冒され、ミオクローヌスと呼ばれる痙攣様の不随意運動が起きる。「急性神経型」というタイプのゴーシェ病は、医学書を開くと二歳までしか生きられないと書かれている。私が訪問した家庭の凌雅《りょうが》君は、この急性神経型のゴーシェ病だ。だが年齢はとうに二歳を過ぎている。二〇一二年の冬で凌雅君は十歳になろうとしていた。

玄関のチャイムを鳴らして現れた凌雅君の母親は、白地に小さな花模様の入ったカットソーと濃紺のジーンズを身に纏《まと》い、落ち着いた表情をした女性だった。自己紹介して家の中に入れてもらう。玄関をあがって数メートル進んだ先が、広さ二十畳ほどの明るいリビング・ダイニングキッチンだ。リビングの窓側の一角は、床が十五センチ程上がっており、そこが六畳くらいの畳スペースになっている。畳の上には薄いマットが敷かれ、大きな介護用のベッドがほとんどの部分を占めている。そこに凌雅君は横たわっていた。

小学四年生の凌雅君は、決して小柄ではない。顔の色艶もよく悠々と眠っている。大きな英語の文字の入った白いTシャツに紺色の短パン姿だ。

凌雅君のベッドの枕元には、病院のICUで見かけるような医療機器がずらりと並んでいる。酸素供給器・人工呼吸器・回路の加湿器・吸引器・モニター・栄養剤を送るポンプなどだ。

人工呼吸器の回路は凌雅君の喉元に付いている。気管切開である。一分間に二十回、人工呼吸器が規則的に凌雅君の胸を持ち上げて、そして静かに落とす。凌雅君は口角に少し唾液が見えているが、吸引しなければならないような量ではない。口元も喉元も胸のあたりも静かで平穏であった。病院のICUがそのまま自宅に来ている。この状況で一体家族はどのような幸福を得ることができるのだろうか。

私はリビングルームで母と向き合い、まず最初に凌雅君の発病の様子から教えてもらうことにした。彼女は、丁寧に言葉を選んで人と正対して喋る感じの人で、その口調は抑制的だが暗くはなく、静かなリズムがあった。

2　二歳までに死亡

凌雅君の様子は、生後二カ月くらいから少しずつおかしくなった。首の後ろに力が入ってしまい、体をのけ反らせるような仕草が出るようになった。だが身長も体重も増えていくので、母はそのまま経過を見ていた。三カ月健診で凌雅君を医師に診せると、医師から赤ちゃんの目の動きが少しおかしいと言われた。

しかしそれ以上の精密検査にはならず、育児を続けた。凌雅君は次第にミルクの飲みが悪くなった。喉もゼロゼロするようになり、近くの小児科で気管支炎という診断を受け、総合病院の小児科に入院することになった。そういう入院がこの時期、二回あった。

かかりつけとなっていた近所の小児科医は、やはり凌雅君の目がおかしいと言う。母が見てもどこが異常なのかよくわからないのだが、医師の話では目の軸がずれているということであった。目の精密検査をした方がいいという理由で、生後六カ月で凌雅君は小児医療センターの眼科を受診する。

眼科の医師は目の診察をおこなったあとで、脳のCTを撮影した。そして目の異常の大本にあるのは神経ではないかという疑問を口にした。凌雅君は眼科から神経科に移された。神経科の医師は、先天性代謝疾患を疑い、凌雅君をさらに代謝科へ送った。

代謝科の医師は、凌雅君の病状を聞き、身体の診察をしただけで、その場で二つの病名の可能性を母親に告げた。そのうちの一つがゴーシェ病だった。のちに知ることになるが、その代謝科の医師は、日本でゴーシェ病を診断できる二十名の医師のうちの一人だった。

ゴーシェ病の診断は、畳針のように太い針を骨に刺して骨髄細胞を吸引し、それを顕微鏡で観察することで確定する。医師の言う検査を、夫婦は迷うことなく受けることにした。

生後七カ月でゴーシェ病という診断が確定した。もちろん聞いたこともない病名だ。医師から説明を受けて、難病だということはわかったが、なぜかその大変さが実感しづらかった。病気の重大さがわかったのは、自分でインターネットを使い情報を集めてからだった。そこで見付けたいろいろな説明や情報に接するうちに、ゴーシェ病とは極めてたちの悪い病気だということが痛切にわかった。この時の心境を振り返って母は「一気に地獄に突き落とされたような気持ちだった」と表現する。

夫婦はとにかく情報が欲しかった。小児医療センターの医師に教えてもらい、患者の会に連絡を取った。この会の存在は夫婦を力強く支えたが、同じ型のゴーシェ病の子はわずか二十人しかいないと知り愕然《がくぜん》となった。「二歳までに死亡」というのが定説であることも知った。

診断が付いたあと、凌雅君の神経症状は急速に進行した。できていたお座りができなくなる。ミルクの哺乳量がどんどん減って、しだいに飲み込むという動作ができなくなっていく。生後八カ月くらいから呼吸も弱くなり、ついには喉頭《こうとう》痙攣が起きる。

喉頭痙攣というのは、表面から見える痙攣ではない。声を出す場所、つまり空気の出し入れをおこなう喉の入り口が痙攣を起こして、空気の通り道を塞《ふさ》いでしまう発作だ。要するに窒息である。

酸素投与でいくどか喉頭痙攣をしのいできたが、生後九カ月の時に起きた喉頭痙攣はかなり重症だった。凌雅君はＩＣＵに入ることになった。これだけ頻繁に喉頭痙攣を起こすのであれば、その対処方法は一つしかない。気管切開である。

凌雅君の場合、気管切開の話は可能性として以前から話題には上っていたが、母は具体的なイメージがつかめないでいた。だが、今の凌雅君に迷うような猶予はなかった。気管切開をしなければ命はないと咄嗟《とっさ》に判断し、医師に対して「気管切開をしてください」とお願いした。

凌雅君は緊急手術によって気管切開を受けた。喉に気管カニューレが差し込まれた状態で、取り敢えず容態は安定した。母は、気管カニューレの取り扱いを学んだあと、凌雅君を自宅へ連れ帰った。だが平穏な状態は長続きしなかった。気管の中にチューブが入っていれば、確かに喉頭痙攣が起きても空気の出入りは可能である。しかしゴーシェ病はさらに進行し、凌雅君は呼吸そのものをしだいにしなくなっていったのだ。

凌雅君は酸素を手放せなくなった。気管カニューレの先に「人工鼻」と呼ばれる小さな加湿器を取り付けて、そこに酸素を吹き込むようにした。弱々しいながらも、凌雅君は自分で呼吸をおこない、母は吸引装置を携帯して凌雅君と外出することもあった。こういう状態で一歳を迎えた。

その後、凌雅君の呼吸は弱くなる一方であった。次の一手は人工呼吸器しかない。凌雅君に人工呼吸器を取り付けることが本当にいいのかどうか、医師たちの間でも意見が割れた。付ければ呼吸は楽になるだろう。だが器械に頼って生きていくのは、その代わりに様々なリスクを背負い込むことになる。

だが夫婦はあまり迷わなかった。自分の子どもが苦しい顔をするのは見たくない。人工呼吸器を付けることへの抵抗感よりも、我が子の苦悶の表情を見ることの辛さが上回っていた。呼吸器なしでもう少しがんばってみようと言う主治医に対して、むしろ夫婦の方から人工呼吸器を希望したのだった。

一歳六カ月で凌雅君は、人工呼吸器を使用するようになった。こうなると次に決めなければならないことは、このまま病院にい続けるか、それとも自宅へ戻り在宅医療に移行するかである。

この時も医師たちの間で意見が割れた。凌雅君は呼吸の問題だけでなく、ミオクローヌスなどの体の不随意運動や、筋肉の緊張など、ほかにも難しい症状を持っていたからだ。しかし結局のところ、夫婦の意見が一番大事にされた。母は凌雅君を連れて自宅に帰りたかった。このまま凌雅君を病院に置いて、面会に行くだけの一生は嫌だと思った。そして懸命に人工呼吸器の取り扱いを学んだ。

3　受け容れるのに二年

在宅の人工呼吸器管理を決意した時の心境を、母は淀《よど》みなく語る。

「目標があったんです。人工呼吸器が付いたのが六月。そして九月に患者の会が、東京ディズニーランドのホテルで開催予定だったんです。私はその会に凌雅を連れて参加したいと思いました。それには在宅に持っていくしかありません。そういう目標がなければ、そのままずるずると病院にいたと思います。だから三カ月で必要なことをすべて学んで……不十分な所もありましたけれど三カ月で自宅へ戻りました」

そこまでして患者の会に出たいものだろうか。私はそのことを単刀直入に尋ねた。

「病院の中にだけいる生活、あるいは自宅の中にだけいる生活。それは凌雅にとってつまらない人生だと思うんです。そういうイベントがあれば参加してみたいし、凌雅にもディズニーランドを見せてやりたかったんです。自分の部屋の中だけの人生だったらちょっと可哀想かなと」

生後七カ月で診断の付いた凌雅君は、一歳九カ月にはもう在宅で人工呼吸器管理になっていたことになる。診断が付いた時の心境は「地獄に落ちた」ようなものだったと言っていたが、自宅へ辿り着くまでの心理はどうだったのか、私は改めて母親に訊いてみた。

「悩む暇もなかったとも言えますが、やはり常に悩んでいました。悩みながら無我夢中でやってきました。精神的にダウンするし、気持ちは暗くなるんですけど、現実を認めて乗り越えていくしかないんです。私、泣いたのは最初の診断の時の一回だけなんです。あとはもう、泣く暇もありませんでした。凌雅にはお姉ちゃんもいますから、そっちの面倒も見なければいけない訳ですし」

我が子の難病を最初からすんなりと受け容れられる親はまずいない。本当に診断は合っているのかという不安感や、なぜ自分の子がこんな病気に罹《かか》ったのかという拒否感があったはずだ。

「最初、私もそうでした。だけど凌雅の状態を見ていれば、病名が間違っていないことはわかってきます。そのうちに、よりによって何でこんな病気にって、すごく理不尽だと感じました。あの時はそういう気持ちが強かったですね。でも、そういう気持ちって今でもあるんです。弱くはなっていますが、時々そういう思いが涌き上がってくることがあるし、普段でも頭の片隅にはそういう思いがあるように感じます」

凌雅君の母は、子どもの呼吸がどんどん悪くなっていった時期に最も苦しんだはずだ。無我夢中で次々と前に進みながらも精神的には追い詰められていただろう。

「あの頃は、私、いくら食べてもどんどん体重が減っていきましたね。食べなくちゃいけないと思って、実際しっかりと食べていました。ところが痩《や》せていくんです。人間って心がそれだけ重要なんだと知りました。その頃は主人も仕事が手に付かないと言っていましたけど、私と凌雅をきちんと支えてくれました。人工呼吸器を付けるとか、そういう決断の場面では必ず二人で話し合って気持ちを合わせていました。初めに地獄に突き落とされたと感じてから、今のこの状態を心から受け容れるようになるまで、二年くらいかかりましたね」

凌雅君の母はそこで少し間を置き、そして続けた。

「それで……すごく生活が楽しいと思い始めたのが五歳くらいの時ですね」

その意外な言葉に、私は驚き、すぐに理由を尋ねた。

母は「ふふふ」と笑った。

「この子と一緒にいると楽しいと思えるようになったんです。出かけるのも好きだし、旅行とかにも行くんです。二歳を過ぎるまでは受け容れられなかったし、凌雅もよく体調を崩しました。成長していくと、そういうことが段々なくなって、五歳くらいからは、私にも精神的な余裕が生まれてきました。具体的なきっかけがあったと言うよりも、凌雅も私も成長したんだと思います」

4 人に何かを与える人生

凌雅君は小学四年生だから、週に二回から三回、特別支援学校の先生が自宅を訪問してくれる。学校で行事がある時は、凌雅君を学校に連れて行く。訪問看護師は土日を除いて毎日自宅へやって来る。このうち、月曜・水曜・金曜日は入浴の日なので、二人のヘルパーさんもやって来る。凌雅君が小さかった頃は、家の浴室に凌雅君を入れていたが、現在は体が大きいためリビングルームに簡易式の浴槽を広げて入浴している。

レスパイトももちろん利用している。二つの病院に依頼して、月に十泊は、病院で過ごす。その他、定期的に小児医療センターへの通院もある。リビングルームの一角には移動用ベッドが置かれている。一見すると、大型の車椅子のようにも見える。赤いフレームに黒のマットレスがなかなか精悍《せいかん》である。この移動用ベッドに携帯酸素と人工呼吸器を載せて、福祉車両になっている自家用車や介護タクシーで移動する。

現在、凌雅君の体重は三十一キログラムあり、母は自分一人で凌雅君を抱っこして移動用ベッドに移すことは不可能だ。呼吸をサポートするいろいろな器械の積み降ろしのこともあるため、家から出ることはやはりかなりの大仕事だと言う。

凌雅君はレスパイトで外泊する以外には、散歩などはしないのだろうか？

「散歩と言うより……遠くに出かけてしまいます。レジャーとして遠出しますね」

近所を散歩しないというのは、桂子の言葉に似ている。私は、外出の際に人目は気にならないかを尋ねた。

「その問題は……人工呼吸器のあるなしに関係なく、障害児のお母さんたちはみんな悩んでいると思います。近くではなく、遠くに出かけるというのは、そういう部分もあるんです。私も最初の時は、人から見られるのが本当に嫌でしたね。今でも見られることがあるんですけど、世の中にはこういう子もいると知ってもらいたい、という気持ちもあります。一番遠くへ行ったのは名古屋ですね。ゴーシェ病の学会があったんです。最もよく行くのはディズニーランドです。こういう子たちに対して、スタッフも慣れているんです。我が家の定番ですね」

凌雅君の家族には順調な時間が流れている。ならば凌雅君の未来はどうなるのだろうかということを私は聞きたくなった。最初に情報を集めた時に二年の命と知り、在宅人工呼吸器のサポートで、もう十歳になろうとしている。主治医との間で、凌雅君のこれからの命について話をすることはあるのだろうか。

「凌雅と同じタイプのゴーシェ病で、日本で一番長く生きている子は十五歳なんです。だから、そこまでは希望を持てるかなと思います。目標と言ってもいいかもしれません。ネットの情報では二歳まで。小児医療センターの説明では三歳の命。人工呼吸器を付けた時は、保っても五歳と言われました。だけど、凌雅はどんどん逞しくなっていくんです。エネルギーも感じるようになって、まだまだ大丈夫かなと思えるようになりましたね」

凌雅君は医学書の記載を塗り替え、医療の常識を越えて、前人未踏の領域に生きようとしている。しかしその先が知りたい。凌雅君が六十歳とか七十歳になっている姿を想像することができるかどうか、私は敢えて尋ねた。

凌雅君の母はその質問に素早く反応した。

「それは親としてすごく複雑なんです。凌雅には長く生きて欲しいですけど、自分が先に死ぬのは困る」

母は早口で一気に言った。そして静かに付け加えた。

「やっぱり、この子を残して自分が先に死ぬのはちょっとできない、かな？」

自分が先に死ねないという言葉を、私はこれまでにいくつかの闘病記で読んだ経験がある。しかし目の前にいる人間から面と向かって言われると異様な迫力があった。

彼女の話は続く。

「……そういう意味では私の心の中には矛盾する二つのものがあります。だけど普段はそういうことを思い詰めて考えないようにしています。考えるのは、毎日をいかに楽しく過ごすかということ。だけど頭のどこかには覚悟もあるんです。いつかは、この子がいなくなるという覚悟です。現にお友だちも毎年亡くなっていますし、それも急にそうなるんですよね。だから、そういうこともあるんだなという思いを常に頭に置いています。だから逆に、一日一日がとても大事なんです」

その前向きな答えに、私は深くうなずいた。

「治らない病気」を持つ子どもの生涯を見続ける親の気持ちとはどういうものであろう。私が二十五年の間、小児外科医として診てきた病気は、どういった結末であっても最後には必ず決着があった。だけどゴーシェ病で在宅人工呼吸器管理になっている凌雅君には何があるのだろうか？

治らないことの意味を問うと、凌雅君の母は少し首を傾げてから口を開いた。

「ゴーシェ病と診断を受けた時に、何で凌雅は外科の病気じゃないんだろうと思いましたね。外科の病気だったら手術で治る訳ですから。何で、治らない病気、重い障害が残る病気になったんだろうって強く感じました。心臓の病気だったらどんなによかったかって」

そうすると、治らない病気を授かってしまった凌雅君の運命、そして母親の人生の意味とは一体どのようなものなのか。

「私はその意味をずっと探しながら生きてきました。この九年間はそういう歩みでした。最初の二年は、なぜ、なぜ？　とそればかり問いかけてきました。そのうちに、凌雅を通じていろいろな友だちに巡り会うことができました。そして今は、病院の先生に頼まれて、気管切開をためらっている親や、在宅の人工呼吸器に移行しようとしているご家族の相談に乗ることがあります。

気管切開って親にとっては大きな問題なんです。子どもの呼吸状態がぎりぎりのところでもちこたえている場合には、一年も二年も迷う親もいます。決心が付かないままに亡くなる子もいるんです。在宅の人工呼吸器は決して簡単ではありません。私は自分の経験を話すだけで、価値観は絶対に押し付けないようにしています。在宅には長所もあれば、短所もあります。その両方を素直に話すようにしています。我が家ではこうやって在宅人工呼吸器という道を選択しましたけど、これはあくまでも我が家にとって最善だというのが私の考えなんです。人によって価値観や事情は異なりますから、その家庭にあった道を選べばいいと思います。

迷っている家族に何かを言ってあげられる。そんな立場に来ることができたので、それが仕事というか、役割というか、そういう巡り合わせなんだなと感じます。凌雅が小さい頃にはそういう役目がわかりませんでした。その頃は、わからないことばかりで、人に頼り、人から与えられていました。それは辛いです。今は与える立場ですから、この方がずっといいですね」

凌雅君の家族は、医者の意見に従うというよりも自分たちで生き方を決めてきた。だから現在幸福と感じていても、自分たちの生き方を人に押し付けないのであろう。自分の人生が何か人の役に立ち、人に何かを与えることができるというのは幸福であることに間違いない。時間をかけて凌雅君の家族はそれを悟ったのだ。

話を聞き終えて凌雅君の顔を覗き込むと、凌雅君は来訪した時と同じようにゆったりと深く眠っていた。眠る時間が多いのは、病気のこともあるが、ミオクローヌスを抑えるために抗痙攣剤を大量に使っているせいでもある。

「でも起きている時はこんな笑顔になるんです。私、できる限り写真を撮っているんです」

母はそう言ってデジタルカメラの写真を何枚も見せてくれた。思わず「へえ」と声が出るくらいのでっかい笑顔だった。その笑顔を見詰める母親の笑顔もまた深く大きかった。

第十章　我が子を天使と思えるまで
――ミラー・ディッカー症候群の子

1　「親の会」を脱会した母

18トリソミーの患者家族の会が、東京で写真展を開催した。会の名を「Team 18」という。私は、十月七日に会場である東京都立墨東病院を訪れ、会の代表者や、会をバックアップしている副院長先生にいろいろな話を伺うことができた。

親の会という存在がどれほど家族を勇気付けるか、私は「Team 18」の写真展を通じて実感した。朝陽君の家族は、親の会には入っていない。おそらくその存在は知っているだろうから、なぜ入っていないか、いずれ聞いてみたいと思った。

写真展が終わった翌週に、私は友人を通じて、重度心身障害の子どもの面倒を母親が一人で見ている家族の存在を知った。母親が書くブログに目を通すと、そこには母子の明るい笑顔の写真と、あっけらかんとした調子で綴られた日常があった。そして、以前に入会していた「親の会」を脱会したことも書かれていた。

母一人、子一人で親の会にも入らずに生活しているこの母子に幸福は見えているのだろうか。寂しいのではないかとつい思ってしまう。だがそうでないならば、孤立しているように見える生活の中に何か喜びがあるはずだ。それを知りたいと思った。そしてその喜びの輪が、その母子と朝陽君の家族との間に広がればいいなと私は考えた。

私はその母親に連絡を取り、話を聞かせてもらうことになった。子どもの名前は快斗君、九歳。母親は京《みやこ》さんという。

私は自宅から車を一時間ほど走らせて、千葉市の郊外へ向かった。車通りの激しい県道からわずかばかりそれたところに平屋の貸家があった。駐車場に車を入れようとした時、ちょうど一台の軽自動車の車庫入れが終わり、車から女性が姿を現した。黒を基調にしたシックなワンピースを着ている。京さんだと直感したが、ブログに掲載されている写真とはだいぶ印象が違う。美しい女性であるが、明るさよりも直感的に憂いのようなものを読み取ってしまった。

私も車を白線内に収めて、京さんと挨拶を交わした。そして軽自動車の助手席を見て、そこに快斗君がチャイルドシートに座っているのに気付き、不意打ちにあったような気になった。両手両足がだらりと緩《ゆる》んでおり、目をぼんやり開いているが、顔に表情はまったくない。青い横縞が入った白の長袖シャツと、濃紺のジーパンを身に付けている。京さんは快斗君を抱き上げ、自宅の玄関へ向かう。軽そうに見える。あとで聞いたら快斗君の体重は十六キログラムとのことだった。私はドアを支え、京さんを手伝った。

快斗君の病気はミラー・ディッカー症候群だ。

人間の脳は、内側から外側に向かって神経細胞が移動していき、全部で六層になり完成する。だが、17番染色体に異常があると、この神経細胞の移動が途中で停まる。脳は四層しかつくられず、脳の表面にしわができない。検査画像の外見から、「滑脳症《かつのうしょう》」とも表現される。一人ひとり重症度にばらつきがあるが、快斗君の場合は完全に寝たきりである。

京さんは快斗君を、特製の車椅子に寝かせた。木製の車椅子はリクライニング・チェアのような形で、頭部からレッグレストまで滑らかなカーブを描いている。体が当たる面は、柔らかなクッションが快斗君を支えている。鼻の下には胃管が絆創膏で留められており、喉には気管切開のチューブと人工鼻が付いている。緩んだように小さく口を開け、静かな寝息を立てている。私と京さんはリビングのカーペットに腰を降ろした。

2　あまり泣かない子

京さんは短大卒業後、一般企業に就職して営業と事務をおこなっていた。社会人となって六年目にご主人と出会い結婚した。この時すでに快斗君を身ごもっていた。二人はアパートに住み、京さんは仕事を辞めた。ご主人の仕事は土木関係の自営業であった。経済的に裕福とは言えなかった。

快斗君は、胎児超音波で脳の異常は指摘されていない。ただ京さんは、赤ちゃんが、人から聞かされているようには、お腹を蹴らないなと思っていた。産まれたのは二〇〇二年の年末であった。三十九週、二五五六グラムの正常分娩である。分娩の時、快斗君は泣き声を上げた。だがそれは自分がイメージした力強い泣き声とは程遠いか細さだった。退院しても快斗君はあまり泣かない子だった。あまりにも泣かないので、産院に電話をかけて相談したこともあった。

ミルクを一応は飲む。だけど、何か飲みっぷりに迫力がない。友人から聞く話では赤ちゃんはもっと勢いよく、そして量ももっとたくさん飲む。しかし初めて育児を経験する京さんは、こんなものだろうとそれ以上は深く考えなかった。

二カ月になっても快斗君は泣かず、飲み方もゆっくりだった。笑顔もない。近所の開業医で二カ月健診というのをやってもらい笑顔がないことを相談したが、その医師からは「笑ってるよ、大丈夫だよ」と言われた。

三カ月になったある日、京さんは快斗君の顔色が悪いことに気が付いた。時間帯が夕刻で天気も曇りだったため、そのためかと最初は思った。薄暗い室内でしばらく快斗君の顔を眺めていた。その時、突然、快斗君の全身を痙攣が襲った。京さんは仰天して救急車を呼んだ。

病院では慌ただしく様々な検査がおこなわれた。脳のX線CTも撮影された。深夜になって医師から告げられた病名は「滑脳症」であった。医師は快斗君の予後に関して厳しい話をした。脳の形成異常だから、正常の発達はできない。「長くは生きられないから、思い出をたくさんつくってください」とも言われた。痙攣発作でいつ亡くなってもおかしくないという言葉もあった。

その言葉にショックを受けたものの、一体、この医者は何を言っているのだろうかとも思った。医師の説明を聞いても病気の重さが彼女には実感できなかった。いくらなんでもそこまでは悪くないだろうと勝手に考えていた。喋れないとか、歩けないとかいう姿は想像ができない。そもそも京さんは重度心身障害児を見た経験がなかったために、そういった我が子の未来をまるで思い描けなかった。障害があっても、人と比べて少し劣っているくらいだろうと自分を納得させて、最悪でも将来、自宅の仕事を手伝わせればいいかなと軽く考えた。

3　自分の染色体

診断が下った病院を退院すると同時に、快斗君は千葉県こども病院に移り、外来通院で治療を継続していくことになった。快斗君には痙攣止めの薬が胃管を通して毎日投与されることになった。だが、その後も痙攣をくり返した。その頃の痙攣発作は、息を止めるという形で現れた。一日に五回から十回くらい息止め発作があり、その間、彼女はじっと見守るしかなかった。

こうして快斗君の月齢が積み重なっていったが、医師が予言したように、快斗君は寝たままで発達は見られなかった。最初は二種類だった痙攣止めの薬は、今では六種類に増えている。

ミラー・ディッカー症候群はなぜ起こるのか。多くの場合は赤ちゃんの遺伝子の突然変異だ。しかし、そうではない場合もある。両親のどちらかに染色体の異常があり、いわゆる保因者としてまったく気付かれないことがあるのだ。専門用語で染色体の「均衡型転座」と言い、二本の染色体の間で、染色体が千切れて入れ替わっているケースだ。この場合、結果として遺伝子から百%完全な量のタンパク質が出来上がる。均衡型というのはバランスが取れているという意味だ。だから保因者の親は発病しない。だが、このうちの一本の染色体が子どもに引き継がれると、つくられるタンパク質は五十%に減ってしまう。不均衡型転座である。快斗君がミラー・ディッカー症候群を発症した理由として、両親のどちらかから異常染色体を受け継いだ可能性があった。

担当医から「染色体検査が受けられますよ」と言われて、夫婦は軽い気持ちで検査に応じた。京さんもご主人も親戚に障害者はいなかった。だから二人とも自分は保因者ではないだろうと思い、それを確認するための検査であった。

血液検査をおこない、一カ月ほど経ってから、自宅に電話がかかってきた。「検査結果が出たのでご主人と一緒に来てください」と言われ、京さんは嫌な予感がした。

京さんの染色体は、均衡型転座だった。我が子に対する申し訳なさで胸がいっぱいになった。アパートの前を、小学校に通う子どもたちが毎朝歩いて行く。その元気な姿と我が子を比べてしまう。京さんは闇に沈むように心が暗くなっていった。

生後十一カ月の時、京さんと快斗君は千葉県リハビリテーションセンターに母子入園という形で二カ月間入院した。日中は体を動かすようなリハビリ運動をおこない、週末になると自宅に戻る。この経験の中で、京さんは多くの障害児の母親たちと出会った。不幸なのは自分一人ではないということも知ったし、同じ悩みを語り合えることは慰めになった。そして快斗君よりももっと重症の障害児が存在することも知り、自分は今まで以上にがんばらないといけないと思った。

4 人生をやり直したい

だが、快斗君の面倒を見続ける中で、京さんの胸には育児に対する絶望にも似た思いがもたげるようになってきた。もともと彼女は、赤ちゃんが六カ月になったら仕事に復帰したいと考えていた。このままでは私の一生は子どものお守りで消費されてしまう。パパは仕事ができて羨ましい。京さんの心の中で将来に対する不安が膨れあがった。快斗君が二歳の頃である。

京さんは老後が心配になった。もし快斗君を施設に預けたらどれくらい費用がかかるのだろうかと悩み始めた。とにかく貯金をしないとあとで苦しくなる。節約の毎日となり、あらゆる生活費をぎりぎりまで切り詰めた。娯楽が減り、生活から楽しみがなくなった。アパート暮らしが続くことも嫌だった。どうしても戸建ての自宅が欲しかった。

夫婦で住宅ローンの算段をなんとか付けて、三十五年払いで自宅を購入したものの、生活は益々苦しくなり、彼女の心は晴れなかった。いや、それどころか、もうこれ以上はすべてが無理だと思った。京さんはすべてをリセットして人生をやり直したくなった。離婚を考えた。快斗君の面倒もご主人に見て欲しいとさえ思った。三人で暮らしても無理なのに、二人になってしまったら、なおのこと無理だと思った。

そうは言っても簡単に離婚には踏み切れなかった。そこで、一緒に住みながら、生計を別々にし、育児も完全に分担することにした。昼はご主人が働き、夜は彼女が働く。働いていない方が快斗君の面倒を見る。京さんは、週末遊びに出かけるようになり、ご主人はまったく遊べなくなった。京さんはまるで何かに急き立てられるかのように、懸命に働き、可能な限り友人と遊んだ。この状態が続くのは、ご主人にとって一年が限界だった。

快斗君が四歳の時、京さんは離婚して家を出ることになった。一年間働き、そして遊んだため、経済的にも精神的にも余裕があり、快斗君を引き取ることを決意した。今まで自分が遊んだ分、精一杯がんばって快斗君の世話をしようと気持ちがすっかり変わっていた。憑《つ》き物が落ちたように心が安定していた。だが快斗君の親権を巡ってご主人との間でもめることになった。一度は快斗君を手放そうとした京さんをご主人は信じることができず、快斗君の親権はご主人が持つことになった。京さんは監護権者として快斗君を育てていくことになり、現在の貸家に住むようになったのだった。

この頃から下志津病院のレスパイトを利用するようになった。月に最大で十日間、快斗君を病院に預けて、自分の時間を確保した。だが、四歳になって快斗君は気道の分泌物が日増しにひどくなり、京さんは朝から夜まで五分おきに唾液や痰を吸引する毎日になった。

その状態を見た下志津病院の医師が、気管切開を勧めた。気管切開はこども病院の担当医からも時々話題にされていたが、積極的に勧められたことはない。だが下志津病院の医師は「なぜやらないの？　やれば楽になるよ」とあっさりした口調で手術を提案した。

京さんはこの医師を信頼していたため、気管切開を決意した。こども病院に入院して耳鼻科で手術をおこない、気管カニューレの取り扱いを学んだ。退院してみると、吸引の回数は激減した。

5　孤独の中に見付けた幸福

現在、快斗君は特別支援学校の四年生である。毎朝九時に学校が始まるが、なぜかいつも遅刻してしまう。京さんは快斗君を学校に預けると、その間家事や自分のために時間を使う。迎えにいくのは午後二時半だ。週末はレスパイトを利用することが多い。自分の時間は有効に使う。友人たちと出かけることもある。

ただそれだけでは、快斗君は引きこもってしまう。幸いなことに学校から夏休みの宿題として絵日記の提出を求められたりする。快斗君は光るものが好きなので、プラネタリウムを見に出かけることもある。しかし京さんは自動車の運転が苦手なので、遠出はあまりできない。一度行って勝手がわかっている所ならば、くり返し行くこともある。だけど初めての場所は、段差があったらどうしようと思ってしまい足が向かない。思わぬ所に段差があり、車椅子が乗り越えられないことがこれまでに何度もあった。

快斗君は気管切開で呼吸が楽になったのに、まるでそれと引き替えのように笑わなくなった。一日の半分は眠り、半分は起きている。起きている時は指先を動かしたり、口をぱくぱくさせたりするが、それ以上の大きな動作はしない。京さんは、一日に五回、胃管から経腸栄養剤ラコールを注入し、おむつを替えて、風呂に入れる。単調と言えば単調な毎日だ。

私は京さんと話しているうちに、彼女が臆することなく堂々と快斗君を語っていることに気が付いた。その話し方に憂いは感じられない。快斗君が発病したあとの数年間、病気の重さと生活の耐え難さに、京さんの精神は潰《つぶ》れそうになった。それが大きく変化を遂げて、現在の平静な気持ちに至った理由はなんだろうか。何か具体的なきっかけがあったと言うよりも、時間が解決してくれたようにも見える。

「うーん。時間が経ったということもあると思いますよ。諦めたというか。まあ、いい意味ですけど。諦めなければしょうがないので、諦めた部分はあります。だけど……やっぱり先のことを考えなくなって楽になったかな？　そうなったのは、快斗と二人で暮らすようになってからです」

普通に考えれば、二人になった方が辛い。それで楽になったというのは不可解だ。

京さんは、また「うーん」と言葉を探した。

「三人で暮らしていた頃は、老後のことをよく考えたんです。この先、どうなるんだろうって考えると不安ばかりで心が一杯になるんです。でも離婚して快斗と二人になると、そういう余裕がないんです。その日をどうやって生きていくか？　みたいな。そうすると将来を考える暇がなくなって自然と悩みも消えちゃったかな」

それは開き直ったということに聞こえる。

「そうですねえ。そうかもしれません。その日一日が楽しければいいかなとか考えるようになりましたね。家族の未来の姿とか、そういうことは考えなくなりました」

京さんには父親と同居するという選択もあったはずだ。それをせずここで快斗君と二人で暮らすというのは孤独に思える。

「気楽……かな。誰にも気兼ねしないで、自分と快斗のペースで。干渉されることもないし、好きなようにできるので。でも、お友だちもお米を持って遊びに来てくれたり、完全に孤独っていう訳ではありませんよ」

確かに人間にとって最もストレスの元になるのは人間だったりする。京さんにとって、快斗君と二人で毎日を生きていくことは、自分の価値観に最も合った家族の形、幸福の形なのであろう。

「うん、そうですね。それは感じますね。人にリズムを壊されたくないんですよね」

京さんが、親の会を脱会したのは緊密すぎる人間関係が嫌になったからだろうか。

「会に入ったのは、快斗がミラー・ディッカーとわかってすぐにですから、生後五カ月頃ですかね。仲間同士の交流があって、いい会でしたよ。今でも心配してメールを送ってくれる友人もいますし」

そうなると一体なぜ辞めてしまったのか疑問になる。

京さんは「うーん、うーん、うーん」と三度唸《うな》った。

「みなさん熱心なんですよ。滑脳症と言っても程度がいろいろで、結構動ける子もいるんです。そういう子には母親が熱心にリハビリをやるんですね。私は、熱心じゃないダメな母親なので、それを見て気持ちが落ち込んじゃうんです。最低限のリハビリはやるけど、ほかのお母さんみたいに悩んでまでリハビリをやる感じではなかったんです。みんなが眩《まぶ》しく見えましたね。そして極めつけは、会報の新会員の自己紹介を読んだ時です。そのお母さんは、お医者さんから、『こういう難病の子は親を選んで産まれてくる』って言われたそうです。私、それを読んで、違うなって思ったんです」

その言葉に京さんはどんな違和感を感じたのだろうか。

「だって快斗は私を選んだんじゃなくて、私の染色体のせいでこうなってしまったんです。その台詞《せりふ》って、親に染色体異常がなければいいかもしれないけど、私には違うかなって。私も周りから、『障害児は親を選んで産まれてくる』って言われたことがありますよ。でも、それって慰めにしかならないし、ちょっと白々しいかなって、その時はそう思ってしまったんです。その頃、私はホームページを開いていたんです。それでけっこう、知らない人から相談を受けていたんです。メールがたくさん来たし、『困ったら快斗君のママに相談したら?』みたいな話になっていたんです。だけど私はそんな人じゃないんです。専門家じゃないし。病気に詳しい訳じゃないし。私は単にお友だちにして欲しいと思って会に入ったのに、ものすごく深刻な相談まで受けるようになってしまったんです。え? そんなシビアなこと、私に聞く? みたいなことを。そんな時にあの台詞にぶつかって……自分が発信した言葉が、会員のみんなにマイナスの影響を与えたら嫌だなって考えるようになったんです」

6　我が子を産むために自分は産まれた

トリソミーもゴーシェ病もミラー・ディッカー症候群も、短命であり、治らない病気という点では同じである。京さんは、短命という言葉にどういう意味を見付けているのだろうか。

「短命ですか？　確かに診断が付いてすぐに、先生から『思い出をたくさんつくってください』って言われました。あれは本当にショックで嫌な言葉でした。ネットで調べると、滑脳症は三歳半までしか生きられないって書いてありました。そんなに短いの？　って思いましたけど、医学はどんどん進歩するし、そういうのって変わっていくのかなって。だから先のことはあまり考えたくないし、考えないようにしています」

では、治らないことの意味とか、治らない病気の子を授かった京さんの人生の意味は何だろうか。

「時々考えますよね。さすがに人と違う生活をしていることは自覚していますから。でも、楽しく生きているので、快斗を産んでよかったと思いますね。意味って言われるとよくわからないんですけれど、私って、快斗を産むために自分が産まれてきたのかなって思っています」

それでは存在の順序が逆のような気がする。

「快斗が先にいるんです。それで、私が選ばれて、私が産まれたんです。快斗は私にとって母親みたいな存在なんです。私が快斗を頼って生きているような。私の母は、快斗の病気がわかってすぐに他界しました。乳がんが肺に転移して亡くなりました。あの頃は、もう本当に一番辛い時期でした。母が大好きだったので、そのあともずっと喪失感を引きずっていました。今の快斗は私にとって、母親のように甘えられるし、頼ることができる存在なんです。もし快斗がいなかったら、私はどうなっていたかわかりません」

すると、京さんの人生の使命は、快斗君を産むことだったという結論に至る。

「そうですね。その通りですね」

窓の外からバタバタという音が響いてくる。京さんは「雨だ」と小さく悲鳴を上げて洗濯物を取り込み始めた。衣服を折りたたんで奥の部屋へ片付けると、ぽつりと独り言のように呟いた。

「快斗は人間じゃないですね。天使です。天使っぽいとかいう意味じゃなくて、天使です」

私は「それって比喩ですよね」と聞こうとしたら、京さんは「比喩じゃなくて」と続けた。

さらに私が質問を重ねようとしたら京さんは言った。

「もし、天使って項目があったら、丸を付けますね。うちの子は天使です」

我が子にミラー・ディッカーの診断が付き、痙攣が止まらなければ明日をも知れないと言われた頃、自分の母親は末期のがんに冒されて余命幾ばくもないと伝え聞いた。この時、京さんは自分の周りからすべての人が消えてしまうような恐怖感を味わったと言う。人生の最もきつい所から一歩一歩這《は》い上がるようにして、京さんと快斗君はこの貸家に辿り着いた。そして母が子を介護し、子が母に生き甲斐を与える生活に至った。ここまでの道のりは平坦ではなかったし、時間も必要であった。だが最後は、彼女の生き方自体が幸福の形を決めている。

私が話を聞き終えようとした時、京さんが何気なく言った。

「ほら、あのう、何でしたっけ？　何前診断ですか？」

私が「出生前診断ですか？」と聞くと、「そうじゃなくて」と言う。私はそこで京さんが言おうとしていることがわかった。「着床前診断ですね？」と聞くと、今度は「そうそう」とうなずいた。

着床前診断とは体外受精した受精卵が、八つ以上に分裂した時に細胞の一つを取り出して遺伝子検査をおこなうものだ。染色体の数の変化といった大きな異常ではなく、かなり微細なＤＮＡの異常を調べることができる。細胞のＤＮＡに異常がなければ受精卵を子宮に着床させるというプロセスに進むので、妊娠中絶という苦痛を感じることがない。広い意味での出生前診断の一つという言い方も可能だろう。

京さんはミラー・ディッカー遺伝子の均衡型転座の持ち主であるから、日本産科婦人科学会の指針によれば、着床前診断を受けてもいいという立場にいる。

京さんが話を続ける。

「私、もし再婚しても子どもはもう絶対に産まないつもりです。産まれてきた子が、快斗と同じ病気だったら、障害児を二人看るのはとても無理です。その子が可哀想だし、辛い思いをするだろうなって考えてしまうし。だからと言って……離婚する前の話ですが、着床前診断を受けたいとも思わなかったですね。そこまでして子どもを授かりたい気持ちはなかったし、そんな検査を受けたら快斗が否定されてしまうような気がしたんです。だから私、今、本当に子どもが欲しいと思ったら、覚悟を決めて検査は受けないで妊娠しますね。授かったとしたらどんな命でも引き受けるつもりです」

美しい顔を引き締めて京さんは一気にそう言った。その語気に押されながら京さんを見詰め返すと、彼女はにこっと笑った。

「ま、だから結局、産まないんですけれどね」

私は礼を言って、母子の貸家を辞した。雨は上がっており、夕闇が迫った駐車場は薄暗く、車のボンネットを赤く染めていたが、それは夕陽にも朝陽にも見えた。

第十一章 退院して一年を越える

1 インフルエンザ・ワクチンをうつ

十月二十日、診療を終えて私は朝陽君の家を訪問した。夕方の五時。居間では朝陽君のお兄ちゃんがテレビゲームをやっている。桂子が「先生にちゃんとご挨拶しなさい」と大きな声を出しても、聞こえているのかいないのか、無視を決め込んでいる。今夜は展利も在宅している。早速朝陽君に近寄ると、喉や胸のあたりからかなりはっきりとしたゴロゴロ音が聞こえてくる。

「あれ、今日は朝陽君、機嫌が悪いのか、ずいぶん痰が多いね」

枕元のサチュレーション・モニターに目をやると、足をバタバタさせてしまっているせいで、数字がめまぐるしく変動し、本当の酸素飽和度がわからない。

「そうなんです、今日は暴れちゃって」

桂子はそう言いながら、お茶を出してくれた。

「だけど熱はないんでしょ？」

「ええ。退院してから熱は出ていません」

私はその言葉を聞いて鞄から聴診器を取り出し、朝陽君の胸に当てた。

肺の雑音が大きい。心臓の音が聞き取りにくいくらいだ。困ったなと思って聴診器を片耳から離した時に、玄関でチャイムが鳴った。

姿を現したのは、展利の父、つまり朝陽君の祖父だった。

「あ、先生、ご苦労様です。いつも朝陽がお世話になっています」と言いながら、祖父は笑顔で私に近寄って来た。私は正座のまま、くるりと祖父の方へ向き直り、自己紹介をした。

「先生とは二度目ですよね。六月に海浜病院で一回会っていますよね」

どうやら覚えていたようだ。あの時は人当たりが硬いという印象だったが、今日はだいぶ違う。短い白髪と銀縁の眼鏡だけを見ればそういう感じだが、直に話してみると、眼鏡の奥の細い目が絶えず笑っている。展利の瞳とは全然似ていない。

私は聴診を続けて朝陽君の心臓と肺の音を懸命に聞き取った。

「お母さん、この状態って、いつも通りって言えばいつも通りですよね？」

「ええ、まあ、そうですね」

桂子は困ったような、申し訳ないような顔になった。

「これくらいの状態でも、海浜病院では予防接種をうっているんですよね？　よし。じゃあ、接種しましょう」

私は鞄から、続けてインフルエンザ・ワクチンの液体が充塡《じゅうてん》された注射器を取り出した。

「母子手帳を貸してください。ここに記入しておきますね。ええと、ロット番号が……。これでよしと。左腕にうちましょう。お母さん、ここ、押さえて。そそ、そんな感じで。あ、こっちも。そうですね。消毒します。じゃあ、接種しますよ」

私は朝陽君の左腕にワクチンを注射した。大きな反応はない。だが朝陽君は痛みを感じたのか、益々、喉のゴロゴロが激しくなる。しばらくすると、はっきりした咳が出る。この咳でゴロゴロが減ったかに見えたが、また気道の分泌物が増え始める。展利がベビーベッドに近寄って来た。

「これはちょっと吸引した方がいいな」

展利は朝陽君を抱っこして、畳に胡座《あぐら》をかいて座り、自分の胡座の中にすっぽりと朝陽君を収めた。

「朝陽君、きれいにお父さんと一体化していますね」と私はからかった。展利は笑みを浮かべて吸引チューブを吸引器に接続した。

展利は、親指と人差し指でチューブを持って、朝陽君の鼻の穴の中にそろりと進める。私はその様子をじっくり観察した。素人がやるような怖々《こわごわ》という操作ではない。かと言ってプロがやるてきぱきという感じでもない。まるでチューブの先端で何かを探り当てるかのように根気よくチューブの深さや角度を微調整していく。少しずつじっくりと。

いったん休憩し、朝陽君の腕を取って何度か水平に広げる。胸が広がっている。またチューブを手にしてそろりそろりと進める。またもや休憩し、朝陽君の上顎のあたりを指で円を描くように押す。

「お父さん、それは一体何をやっているんですか？」

「緊張を取るんです。朝陽は歯を食いしばって、力を入れて苦しくなっちゃうんです。ここの部分を指でぐりぐりしてやると、朝陽は力が抜けるんです」

私はなるほどと感心した。だが朝陽君のゴロゴロはなかなか解消されず、展利はいったん、朝陽君をベッドに寝かせた。

2　初めての痙攣

「先週、退院してから、割とこんな感じなんですか？」

私の質問に桂子が答えた。

「その日によるんです。だけど、退院して三日目に痙攣みたいな動きがあったんです」

「どんなふうに？」

「体中にぐーっと力を入れて、がたがたって震えたんです。夕方から始まって結局明け方まで、三十分くらいの間隔で何度も起きたんです」

その時、横から展利が口を挟んだ。

「朝陽がいませんでしたね。僕が抱っこしていましたから、朝陽の体は僕の手の中にいるんです。だけど朝陽の存在が感じられなくなっちゃったんです」

展利の言っている言葉の意味を考えあぐねて、私は尋ねた。

「それはつまり、朝陽君とのコミュニケーションが切れたということですか？」

「ま、そういうことかも知れません。伏せられたような状態です」

「伏せられた？　朝陽君の意識が何か被われて見えなくなったということですかね」

今度は桂子が話に入った。

「主人が変なことを言うものですから、何だか怖くなって真夜中に海浜病院に電話したんです。そうしたら、当直の先生が、『心配ならいらしてください。だけど、夜中だから検査はできないし、その話から考えると薬を使う程じゃないから診察だけになりますよ』って。ですから病院には結局行きませんでした」

「その後は、そういう痙攣みたいな動きは？」

「それが全然ないんです」

私は安堵してうなずいた。痙攣を甘く見てはいけない。トリソミーの子どもの命を左右する最も重大な病態は無呼吸発作であるが、痙攣も長時間続いたり、くり返したりすると、脳に大きなダメージを与える。それが積み重なっていけば、呼吸にも多大な悪影響を及ぼす。

その時、また一段と朝陽君の喉のゴロゴロが強くなった。頭を振って苦しがっている。見ると、朝陽君の左手がゆっくりと動いていく。何の動きだろう。肘を曲げて、軽く握った手を自分の口に向けている。これはまさか……。

「もしかして朝陽君、吸引してくれって言っているんですか？」

「そうですね」と展利はうなずき、朝陽を抱き上げて再び先ほどの体位をとった。

「ちょっと驚きますね。指しゃぶりするとは聞いていたんですけど、自分から欲求を表現するとは思いませんでした」

「それがするんですよね」

そう言って展利はやはり親指と人差し指でチューブを操って、少しずつ吸引を始めた。そして、「こうやって探すんですよ」と独り言のように呟く。「僕は自分の鼻でも実験してみたことがありますよ。大人と朝陽では鼻の深さが全然違うと思いますが、参考にはなります。どの深さまで入れると痛いかとか、どういう角度にすると鼻水が引けるとか、そういうことを調べるんです」

「なるほど。自分の体を使って実験するなんて大したものですね」

展利はなおも、ゆっくりとチューブを動かしていく。

「僕はこうやって二本の指でチューブを持っていますけど、これがいいんです。中指を加えて三本にすると、力が強く入り過ぎちゃうんです。だから指二本で探っていくんです」

私はどこまで本当だろうかと思いつつ、展利の真剣な表情を見て、これは真面目な話なのだなとわかった。

「だいたい、こういうことは、真夜中に修得するんです。夜中に朝陽と二人でずっと吸引をやっ

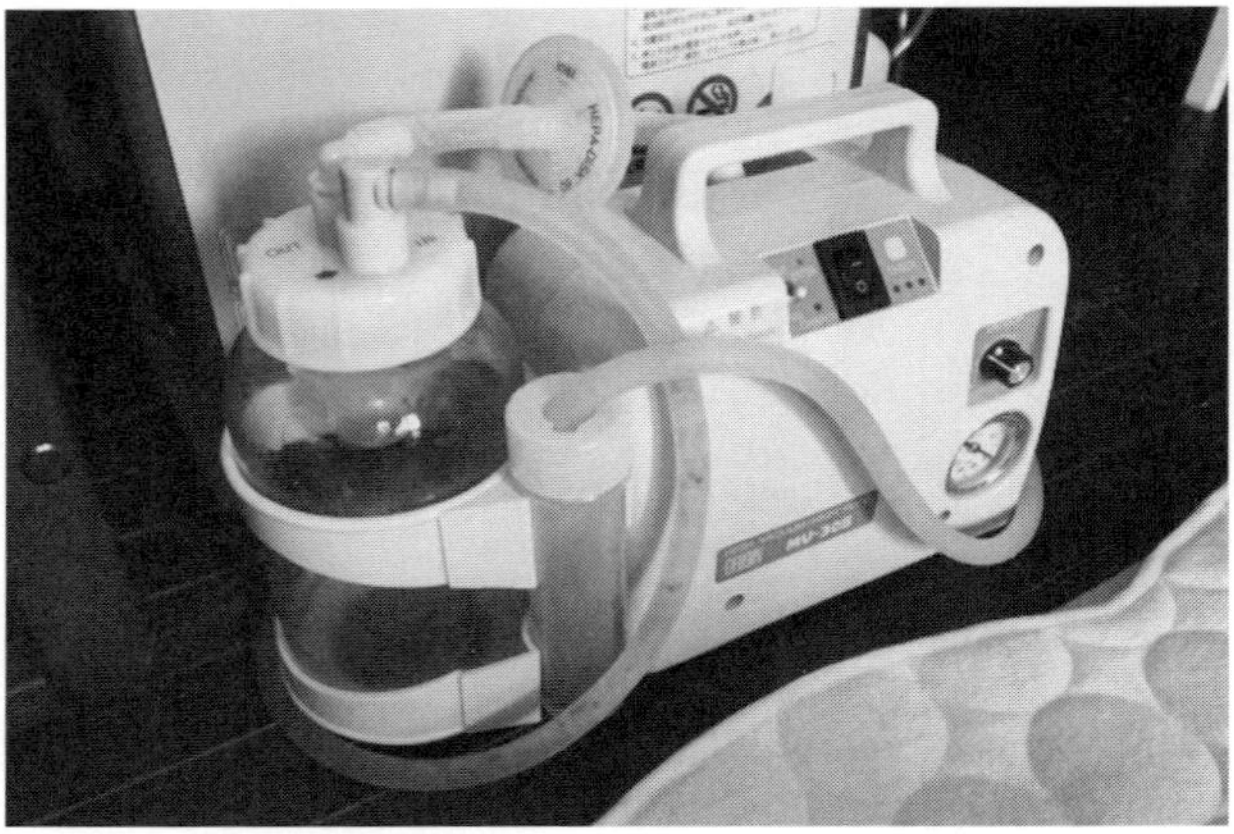

吸引器

ていることが、たまにですけどあるんです。そういう時は二人だけの世界で、一切、外からの雑音がないので、神経の集中が高まるんです」

展利がそう言った時、朝陽君がかなりはっきりした音でゴホッと咳を出した。吸引チューブに痰がズルズルと引き込まれて行く。すると今までのゴロゴロが一気に消えて、朝陽君はスースーと静かな呼吸音を立て始めた。

「おお、うまくいきましたね」

私はまるで素人みたいに感嘆の声を上げた。展利はさらに朝陽君の上顎のあたりをぐりぐりしていた。そして満足そうな顔で朝陽君をベッドに寝かせた。

ところがベッドに横になると、ゴロゴロは消えているのに朝陽君は機嫌悪そうに体をうねうねと動かしている。ウーウーとも唸っている。

「これだな」と言って展利は、サチュレーション・モニターのついた朝陽君の右足に目をやった。確かにそうだ。左足を使ってモニターを外そうとしている。

台所から和室へ入ってきた桂子が「モニター、外しても大丈夫じゃない？」と声をかけてきた。展利がそれに従うと、朝陽君はたちまちうねうねをやめて、楽な表情で静かになった。これが「ほっこり」という顔つきであろう。私はようやくその顔に会った。

「しっかり成長していますね、朝陽君」

私がそう言うと、祖父も「いやあ、本当に大きくなったよね。産まれた時はあんなに小さかったのにね」と相好を崩した。展利も桂子も、うんうんとうなずいている。

するとそれまでテレビゲームをやっていたお兄ちゃんが、畳に座っている桂子に猛烈な勢いで飛びついてきた。

「ちょっと！　あぶない！」と桂子は叱った。だがお兄ちゃんはそれに構わずに桂子に抱きついてしまった。

祖父が、「ふふふ」と笑っている。

「みんなが朝陽を可愛いって言うもんで、お兄ちゃんは焼き餅だな」

お兄ちゃんは怒ったように大きな声を出した。

「ねーえー！　お腹空いた！　ご飯、五人で食べるの？」

そう言って私の顔を見る。展利が「違うよ」と答えると、「じゃあ、四人？」と聞いてくる。

すると、桂子が「二人よ。私とお兄ちゃんの二人」と答えた。

私はお兄ちゃんに向かって「ごめん！　今日はパパとお祖父ちゃんと僕で、食事に行く約束なんだ。ごめんね」と謝った。お兄ちゃんは「ふーん」とさして興味のない表情だった。

3　祖父との会食

六時前に私たちは外へ出た。すっかり暗い。そしてうすら寒い。

展利は酒が好きだが、祖父はあまり飲む方ではないらしい。展利は最初、飲み屋に行くことも提案したが、祖父のことを考えて結局駅前の中華レストランに落ち着いた。私たちは生ビールで乾杯し、数々の中華料理に箸を伸ばした。

「お祖父さまは確かＮＥＣにお勤めだったと聞きましたが」と水を向けると、「それはね、最初は外資系の会社で……」と祖父は嬉しそうに語り始めた。話し好きなのだろう。笑みを絶やさず、自分の職業歴を教えてくれる。長い話だが聞いていて飽きない。

話が一区切りついたところで、朝陽君のことを聞いてみた。

「朝陽君が産まれた時、みんなが動揺する中で、お祖父さまは落ち着いていたそうですね？」

「まあ、あわててもしょうがないしね。驚きはしましたけど、ゆったりと構えていましたよ。実を言うとね、私の親戚に小児麻痺の人と、少し知的障害のある人がいたんです。私はそういう人を見て育った部分があるので、ある意味、見慣れていると言うか、だいたいどういうものか想像が付いたんですね。だから落ち着いていられた部分はありましたね」

「こうやって一年が経ちましたね。退院して一年。ぼくも朝陽君と出会って一年」

私は二人に話を向けた。展利が中空を睨《にら》んで口を開く。

「退院してすぐに先生のところに行ったんで、本当にちょうど一年ですね。よくぞここまでっていう感じですね。産まれた時は、明日はどうなる？　その次の日はどうなる？　っていう毎日でした。それが一段落して、三カ月の命と言われ、一年生きる子は十％と言われ、もうだめかと思いながら今、一歳と……八カ月です」

「どうでした、この一年？　どういう一年でした？」

「いや。普通の一年でした」

展利らしい答え方だなと思いつつ「本当に普通ですか？」念押ししてみる。

するとと展利が答える。

「ええ。だけど、桂子にとっては普通じゃない一年だったと思いますよ。あっと言う間だったんじゃないでしょうか」

「お祖父さまはいかがですか？」と私は祖父に話を振った。

「展利はいいけど、大変なのは桂子さんですよ。母親は本当に大変だと思う。病気の子どもを産んだという負い目もあるだろうし、毎日の育児もある。展利はふらーと仕事に出かけちゃう訳だから。桂子さんは両親を亡くしているでしょう？　だから本当に辛いだろうし、可哀想ですよ」

私は、これまでに話を聴いてきた障害児とその家族のことを伝えた。親の会を主催している人、会に入って活動している人、会を辞めてしまった人。いろいろだが、親の会が患者家族の支えになっていることは間違いない。

展利は箸を置き、ちょっと考えてから答えた。

「朝陽が産まれた日にスマートフォンで検索した時に、親の会に出会っているんですよね。だけど、ちょっとその中に飛び込んで行くって感じじゃなかったんです」

「必要ないっていうことですか？」

「どうかなあ。必要ないとは思わないけど……お兄ちゃんの子育ての時にも育児サークルってあったんですけど、桂子はそういう『場』が苦手なんです。結局のところ、ま、億劫《おっくう》なんですかね」

展利はネットを介した情報は要らないと言う。朝陽君の誕生日に13トリソミーを検索して以来、彼は一度もネット検索をしていない。ネット情報に意味がないとは言わないが、自分には必要がないと考えている。なぜならば朝陽君は、知識としてでなく、実在する人間として目の前にいるからだ。

ネットで知識を得るよりも、朝陽君のここを触れば足が動く、あそこを突けば表情が変わる、そういうことを発見していくことの方が、意味があると展利は考えている。

一方、祖父はもっと賢くネットを使ったらいいと言う。親の会にも加入して情報をもらったり、相談に乗ってもらえばいい。面倒ならわざわざ集まりには出かける必要はない。上手に利用して、「いいとこ取り」をすればいいとアドバイスする。

そういう父親の意見を展利は黙って聞いている。否定もしないし、かと言ってそれでは行動に移そうという態度は見せない。億劫というのが本当のところだろう。展利は、アナログに生きるという言葉を使う。それはネットのデジタル情報に頼らないということや、手術や人工呼吸器を望んでいないことに通じるようだ。

ただ私はこれまでに、気管切開の子どもや在宅での人工呼吸器の子も見てきた。その子たちは無理やり生かされているようには見えなかったし、何か非人間的なものに支配されているようにも見えなかった。たとえば、ゴーシェ病の凌雅君の母は、単に我が子が苦しむ姿を見たくないという思いで、気管切開を選択し、人工呼吸器を選択した。

私は「意地悪な質問をする訳ではありませんが」と切り出して、凌雅君の母がしてきた選択の数々を紹介し、「朝陽君が苦しい思いをしても、今の決意は変えませんか」と訊いてみた。

展利はあっさりと答えた。

「変わっていくと思いますよ。あくまでも今はそう思っているというだけであって、気持ちは変化しても当たり前だと思っています」

私はさらに言った。

「来年の二月で朝陽君は二歳ですよね。短命、短命と言われながら命が長くなっていけば、朝陽君に対する愛情は増すことはあっても薄まることはないんじゃないですか？　もし、その時に、気管切開した方がもっと長く生きることができるという医者の判断があったら、お父さんは選択を迫られると思うんですね」

「そうでしょうね。そういう時が来るかもしれない。その時は改めて朝陽と向き合うことになると思います」

祖父が言い添えた。

「私がネットで調べたら、現存している13トリソミーの最年長は十九歳だそうですね。じゃあ、うちの朝陽はその記録を破ろうか」

展利が静かに応える。

「いやいや、寿命があるよ。神様が決めてくれた時間があるから、それに従うだけでいいんじゃないかな」

私は話が暗くなりそうになったので、来年の誕生日に話題を戻した。

「目標って言ったら変ですけど、二歳の誕生日が楽しみですね。次は取り敢えず二歳。一年で一番寒い頃です。だからその時期を乗り越えれば、桂子さんも自信がつくんじゃないかなって、僕は勝手に思っているんです」

「はい、それはあると思いますね」と展利は相づちを打った。

私たちは、朝陽君の命の長さに関してあれこれと思いを巡らせる。悲観的なことを言ってみたり、楽観的なことを言ってみたりする。祖父も「俺より長く生きられないかもしれない」と言ってみたかと思えば、「朝陽は腸に奇形がないでしょ？　腸が丈夫な人間は、私たち年寄りでも長生きするんです。だから朝陽は大丈夫かもしれない」などと言う。

だが会話は堂々巡りで、答えはどこにもない。結局は展利が言うように神様が決めてくれるのだろう。私は、朝陽君が短命を生きることの意味や、限られた命の中にある幸福の姿を探ろうとしてきた。その答えは見えそうで、まだよく見えていなかった。

4　一家四人の散歩

それから五週間後の十一月下旬、診療が終わって私は、二度目のインフルエンザ・ワクチンの接種のために、朝陽君の自宅へ向かった。五週の間に気温は一気に下がり、短い秋を飛び越えるようにもう冬が迫っていた。

本来ならばワクチンは四週間隔でうつのだが、先週、朝陽君は風邪をひいていた。玄関に姿を現した桂子はマスクを付けており鼻声だった。どうやら桂子が最初に風邪をひき、それが朝陽君に移ってしまったらしい。展利は勤務明けなのか、やや疲れた表情だ。お兄ちゃんはリビングでテレビを観ている。

朝陽君の喉はゴロゴロと鳴っているが、サチュレーションの数字は百%だ。風邪のあとだが、体調としてはいい方であろう。聴診器を胸に当ててみると、心音よりもゴロゴロの方が大きく聞こえる。前回と同じパターンだ。

「さあ、じゃあ、二回目を接種しましょう。今日は右腕だね。お母さん、腕をこんなふうに固定して。そう、そう。え？　キックされる？　僕の腹を目がけて？　じゃあ、どうする？　お父さん、足を押さえてもらえますか？　さ、うちますよ」

アルコールで皮膚を消毒して針を刺すが、朝陽君は泣き声を上げるようなことはなく、相変わらずゴロゴロと音を出していた。消毒で身構えることはなかった。

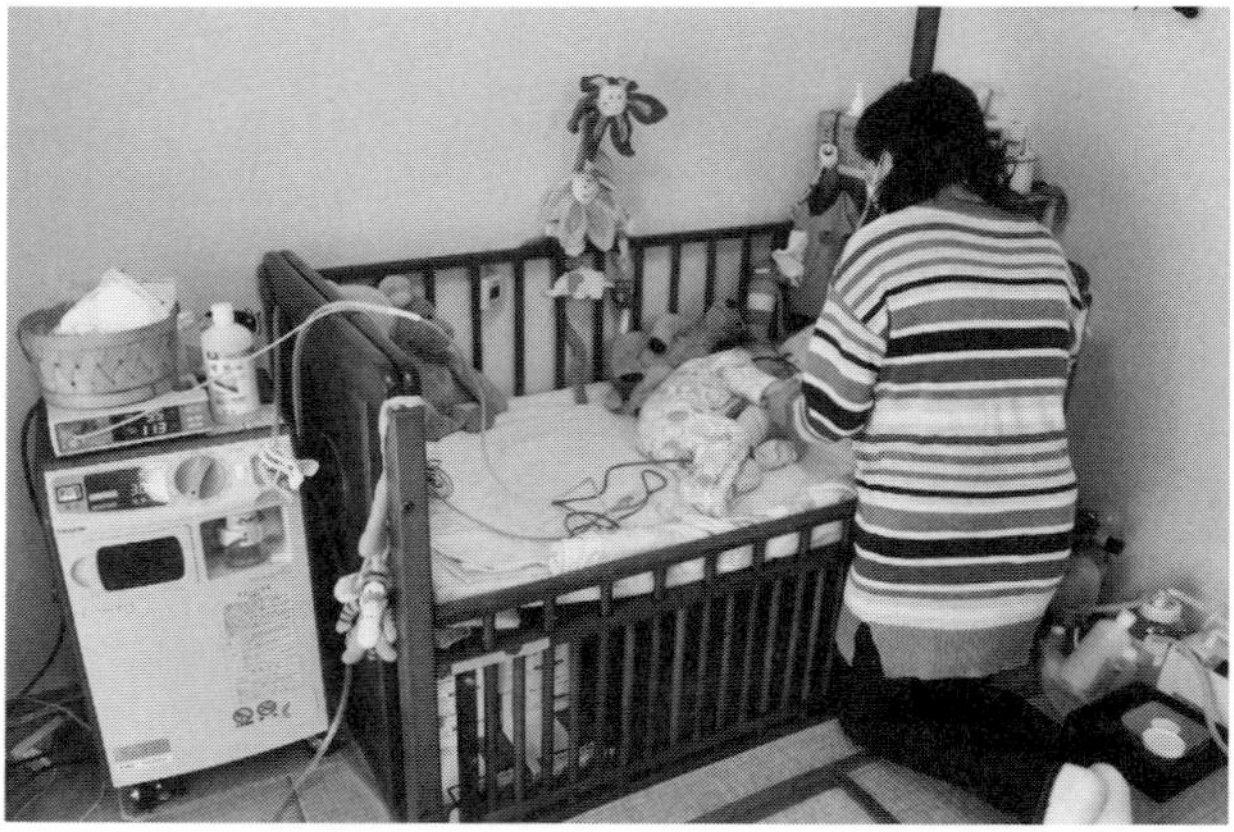

〝表情〟も豊かになってきた

「これくらいじゃ泣かないよね」と桂子が声をかけている。シナジスの筋肉注射や、肺炎で入院した時の点滴に比べれば、皮下注射などは大したことはないのだそうだ。

注射器の後始末を終えると、桂子がこの五週間に起きたことを教えてくれた。

日常の生活パターンで一番変わったのは、経腸栄養剤ラコールの投与回数だ。これまでは百二十ミリリットルを一日五回だったが、最近になり、百五十ミリリットルを四回にした。投与カロリーは同じだが、体重は徐々に増えており、現在は七・三キログラムになっている。下痢にも便秘にもならず、調子がいい。ラコールを用意する回数が一回減れば、桂子の負担も減る。

痰も全般的に少なくなっているようだった。その日によって吸引する回数は全然違うが、以前のようにほぼ毎晩眠れないということはなくなってきている。朝陽君の調子がいい時は、桂子も一晩中眠っていられる。

歯もさらに生えてきている。口唇裂によって、鼻の下に島のように丸い皮膚の塊が取り残されているが、その島から白い米粒みたいなものが見えている。

「ここの部分も歯なんですか？」

「そうなんです、触ってみてください。本来は、その歯は口の中に隠れているはずなんだと思いますけど、ここの部分は唇がないので、歯が見えてしまっているんです」

さらに桂子は朝陽君の口を少し開いてみせてくれた。上顎の中央の部分が欠けており、残りの両脇の顎に歯が並んでいる。下顎には異常はなく、歯がけっこう揃っている。

「ずいぶん生え揃ってきましたね」と私は感心した。

「そうなんです。笑顔も長く続くようになったんです。以前は一瞬、『ふふっ』とか、『にまっ』と笑うだけだったんですけど、最近は『ふふふー』って十秒くらい笑います。お腹が痛い時は両手でお腹を触るんです」

「なぜ痛いとわかるんですか？」

「便が出ない時に、痛そうな顔して気張るんです。お腹に向かって手を伸ばして、お腹をかばうような仕草をするんです。朝陽の仕草が大きくなっていくので、海浜病院の先生たちや看護師さんたちも、毎回会うたびに驚いています。退院して一年が過ぎて、こんなに元気に育つとは思いませんでした」

ちょっと間を開けて、桂子が嬉しそうに続ける。

「この間……二週間前かな？　お散歩に出かけたんです。お兄ちゃんに昔使っていた、縦抱っこのおんぶ紐で、主人が朝陽を抱っこして近所まで四人で行ってきたんです。自宅から少し歩くと、野球場があるんですけど、その周りが遊歩道みたいになっているんです。一時間かけて紅葉を観てきました」

「一時間？　たっぷり散歩しましたね。酸素やモニターはどうしたんですか？」

「それが何もなしなんです。だけど吸引器だけは必要かなって思ったんですけれど、重いので……」

展利が話を引き取って説明してくれた。

「吸引チューブだけ持っていきました。この間、僕が試したら、器械を使わなくても口でチュッと吸うと痰が取れるんです。まあ、いざとなったら走って帰ろうと思いましたけどね」

あれだけ外出を嫌がっていた桂子が、展利のペースに巻き込まれたのだろうか。私は率直に尋ねた。

「お母さん、いつも人目を気にしていたじゃないですか？」

「ええ。だから唇のところに絆創膏を貼るかどうかで喧嘩です。私は貼ろうと言うのに、主人とお兄ちゃんは要らないと言うんです。結局貼らないで出かけました。でも縦に抱っこすると主人の胸に朝陽の顔が隠れる感じになるんです」

「家族で散歩とは、素晴らしいじゃないですか？　いい時間を過ごしましたね」

「ええ、お兄ちゃんも大はしゃぎでした。その時に、お兄ちゃんの同級生のママにばったり会ったんです。その方とは昔から親しくて、朝陽の病気のことは言ってあったんです。でも朝陽に会うのは初めてで、『可愛いね、色が白くて可愛いね』って言ってくださって。散歩ができたのもよかったし、その方に会えたのも嬉しかったし、そう言ってくれたのも嬉しかったです」

「うん、それはよかった。次はじゃあ……」

私がそう言うと、展利が「自宅前の芝生にテントを張ってキャンプだ」といつもよくネタにする話を持ち出した。これが展利の現在の夢なのだ。

桂子は「もうそれだけはやめて、ここから追い出されちゃう」と笑っている。

5　血清マーカー診断

そろそろ夕食の時間だろうか。私は前から気になっていたことを訊いた。

「ところで、今まで一度も出生前診断について尋ねなかったのですが、朝陽君が産まれる前に、お母さんは血清マーカー診断を受けていませんよね？」

「その検査っていうのは……」と桂子は首を傾げた。

私は、クアトロ・マーカー・テストについて説明した。母体から採血して四種類のタンパク質とホルモンを調べる。ダウン症と18トリソミーと二分脊椎が産まれる確率が、妊婦の年齢から想定される確率よりも高いか低いかわかるという仕組みだ。そして慌てて「13トリソミーは調べられませんけどね」と付け加えた。

「そう言えば」と展利が口を開いた。「この間、テレビでやっていたよね、密着ドキュメント。芸能人の夫婦が高年齢出産だから、染色体異常が怖いので、検査を受けるとかいう場面があった」

「うん、うん」と桂子が思い出したようにうなずいた。

「あれがクアトロ・マーカー・テストですね」

「私は受けなかったし、それを知らなかったかな……」

一九九九年の厚生労働省からの通達で、この検査を医者は患者に勧めてはいけないルールになっていることを私は説明した。

「それはなぜですか？」

展利の疑問に私は答えた。

「確率って確率でしかないんです。たとえば、四十歳の妊婦さんは、百分の一の確率でダウン症の赤ちゃんを産みます。ところがこの検査をおこなうと、ダウン症の確率は、二百分の一ですよとか、五十分の一ですよって教えてくれるんです。だけど、五十分の一って言われても意味不明でしょ？」

「うーん、そうですねえ」

「だって五十人も子どもを産む訳じゃないし、でも、いきなり五十分の一にぶつかるかもしれないし。妊婦さんはこの確率の意味の解釈に悩むんです」

「じゃあ、あまりいい検査ではないですね」と桂子が呟く。

確定的なことを知るためには羊水穿刺《せんし》をおこなって胎児の染色体を調べるしかないこと、そしてこの検査には流産のリスクがあることを私は付け加えた。

「うちはまあ、そういうことは考えなかったなあ」と展利がのんびりした調子で言う。

「では、最近ニュースで新型出生前診断という検査が報道されていますよね？　ああいったニュースには敏感ですか？」

「はい、はい。やってますね。でもどうかなあ。普通に聞き流していますね」

展利は興味なさそうだったが、桂子は質問をしてきた。

「その新型というのは、何が新しいんですか？」

「母体の血液の中に混ざっている胎児のＤＮＡの量を調べるんです。検査でわかる病気は13トリソミー・18トリソミー・21トリソミー。21トリソミーっていうのはダウン症のことですね。この検査の精度は九十九％以上とマスコミは報じています。だけど九十九％という数字にはちょっとトリックみたいなものがあって、ダウン症が疑われるという判定が出ても、やはり確定ではないんです」

「羊水の検査が必要ということですか？」と桂子は質問を重ねた。

「そうです。ただし、血液検査でダウン症が否定されれば、それはほぼ百％正確なんです。生命の選別につながるので、反対している人もいる一方で、検査を希望して問い合わせをしてくる妊婦さんもとても多いそうです」

「私、わかります」と桂子は少し強い口調で言った。

「初めての出産で、高年齢で、赤ちゃんを望んで望んでようやく妊娠したならば、検査を受けたいという気持ちはとてもよくわかります」

「うん、そうですね。だけど陰性ならば一安心で終わる話が、ダウン症と判明した場合にはどうするのか。妊娠を継続するか、ものすごく難しい選択を迫られるんです。考える時間ってあまりありませんから、羊水検査を受ける前からダウン症という障害を引き受けるかどうか決めておかなくてはいけない。安易におこなってはいけない検査です」

桂子がゆっくりと口を開いた。

「……でも、検査を受けるかどうか、妊娠を続けるのかどうか、それは夫婦の問題だと思います。というか、夫婦だけで話し合って決めることだと思います」

「そこだな、基本は」と展利も同意した。

「だけど、実際に決めるとなると難しいですよね」

私がそう言うと桂子は小さくうなずいて考え込むように黙り込んだ。まだ少し言い足りない表情のようにも見える。

インフルエンザ・ワクチンを接種してもうとっくに三十分以上がたっている。副反応はない。その時、独りぼっちに退屈したのか、お兄ちゃんが展利に向かって一直線にタックルしてきた。

「熱とか出したらいつでも連絡ください。往診に駆けつけますからね」

そう言って私は朝陽君の家を辞した。

第十二章 親亡きあとの障害児の将来
――「しあわせの家」で

1 心身障がい者ワークホームを訪れる

千葉市には「心身障がい者ワークホーム」という制度がある。一九八六年にスタートし、千葉市内に二十六カ所の施設がある。制度の目的は、障害者に対して、地域の中で日中を過ごす居場所を提供することだ。

「しあわせの家」という名のワークホームでは、知的障害者が働く場にもなっている。そしてここが他の「心身障がい者ワークホーム」と違っているのは、「しあわせの家」では親と子が「老々介護」の状態に入りつつあることだ。ゴーシェ病の凌雅君の母親は、「自分が先に死ぬのは困る」と言った。その言葉を聞いた以上、障害者の「老々介護」に関して不勉強なのは無責任だと思い、十二月のある日、私は「しあわせの家」を訪れた。

この施設の代表を務めている林叡子さんが私を迎えてくれた。玄関から二階に向かって一直線に階段が伸びている。林さんは「まずこちらの部屋へどうぞ」と言って、玄関ホールの左手のドアを開けた。広さは二十畳くらいだろうか。障害者のために作業場になっている。大きな作業机を囲んで六人の知的障害のある人たちが、名刺くらいの小さな紙に色塗りをしている。

私が大きな声で「こんにちは」と声をかけると、指導員と覚しき人から同じように大きな声で挨拶が返ってきた。ほかの障害者たちは、小さくお辞儀をしたり、軽く微笑んだり、黙々と作業を続けていたり、立ったまま何かを小声で喋り続けていたりで様々だ。

林さんは、壁に備え付けられた棚に乗った大きな箱の蓋《ふた》を開けた。

「いつもはこういった自動車の部品をつくっているんです。忙しい時は本当に忙しいんですけれど、最近は不況で仕事が少ないんです。でも、この子たちにはちょうどいいペースで仕事ができて、本当に有り難く思っています。今日は、パンフレットの紙に色塗りをやっています」

箱の中を覗くと、スプリングが巻き付いた円柱状の金属がずらりと並んでいたが、それがどういう自動車部品なのか、私にはまるでイメージが涌かなかった。

「では二階に上がって皆さんとお話ししてください」

私は林さんのあとについて階段を上った。扉を開くとお母さんたちの元気な声がいくつも飛んできた。作業所のちょうど上が、母親たちのスペースだ。北側に広いキッチンがあり、南側には大きな作業机がある。ここで母親たちが花ふきんや絹のポーチをつくっている。できあがった手芸品をビニール袋に収める際に、一階で色を塗られた小さな紙片が添えられることになる。

「しあわせの家」は現在の場所に安定するまでに、大家さんの都合などがあって転居をくり返した。今は大家の鈴木ゆき子さんが自宅の一部を改築してワークホームに充てている。それが一九九六年だ。それから十六年、通所者の顔ぶれは多少変わったが、ほぼ同じメンバーで「しあわせの家」は歩んできた。軽作業の賃金として六人の知的障害者が手にする給与は年間に二十万円くらいだ。

かつてはレクリエーションも盛んだった。グアムやハワイに行ったこともある。当然国内旅行もした。北海道にも九州にも行った。運動会や誕生日会、クリスマス会もおこなわれた。だが最近はそういう活動が停滞気味だ。母親たちが高齢化したからだ。

キッチンで働く母親たちを背にして、私は作業机の前の椅子に腰を下ろして林さんの話を聴いた。

2 サリドマイドを飲んだ母

林叡子さんは一九三七年生まれ。今年七十五歳だ。穏やかな表情を崩さず、やや高い声で滑らかに話す人だ。長女の由紀子さんは、一九六二年生まれだから五十歳である。

由紀子さんが産まれた時、転勤族だった林さん夫婦は釧路に住んでいた。日赤病院で、三十時間を超える痛みの末に産まれた赤ちゃんは泣き声を上げなかった。口唇裂、心房中隔欠損症《しんぼうちゅうかくけっそんしょう》、左小眼球症、片腎欠損、先天性股関節脱臼、そして足の指の骨に奇形を持っていた。釧路には口唇裂の手術ができる医者はおらず、叡子さんは赤ちゃんを連れて札幌まで行き、手術をおこなってもらった。足にはギプスを装着し、脱臼を矯正した。心房中隔欠損症は自然閉鎖したものの、左目に視力はなかった。

お座りができるようになったのは一歳十カ月。座ったまま進むようになったのは二歳六カ月だった。心身の発達は明らかに遅れていた。

叡子さんは妊娠の初期にイソミンを内服したことがあった。イソミンとは睡眠薬のサリドマイドのことである。当時、北海道大学には、サリドマイド障害の権威である小児科のK医師がいた。診察をしてもらうと、K医師は、由紀子ちゃんの多発奇形はサリドマイドによるものだろうと言った。時代はちょうどサリドマイド禍が大きな社会問題になっていた頃だ。

叡子さんには辛い告知であったが、赤ちゃんの奇形は遺伝的な先天異常ではないということになる。次の子どもは奇形じゃないはずだからと医師にも勧められ、由紀子ちゃんが三歳四カ月の時に、次女を産んだ。健常児だった。

その後、林さん夫婦は東京へ、さらに広島に転居する。サリドマイド事件は全国で訴訟となり、十一年かかって和解となった。サリドマイド被害の認定を受けるために、叡子さんは、北海道大学のK医師の診断書を持って、広島から東京の帝京大学に由紀子ちゃんを何度も連れて行った。帝京大学には、サリドマイドの開発をおこなったグリュネンタール社がある西ドイツから医師たちが調査に来ていた。

だが結局、厚生省（当時）から届いた手紙を開いてみると、薬務局長の名前で「サリドマイド症ではない」と書かれていた。もし認定がなされていれば当時の金額で一千万円の賠償になるはずだった。

信じられない結果だったが、それは仕方のないことだと未練を持たなかった。満足に産んであげられなかった以上は、育てていくことが親の責任と、それだけを考えて懸命に生きてきた。知能の遅れはそれ程でもないと思ったこともあったが、やはり年齢を重ねると遅れははっきりしていった。そして千葉に転居して出会ったのが、この「しあわせの家」の立ち上げ作業だった。

林さんは「先生の前で言いにくいのですが」と語る。

「熱を出すたびに、お医者様に行きますね。手術の時でも検査の時でも行きますね。そのたびに、言われるんです。『お母さん、わかっていますね？　頭は治りませんよ』って。若い頃はそんな言葉を聞かされるたびに、涙がぽろぽろ流れました。本当に切なくて辛かったです。お医者様に、『この子はいつまで生きるかねえ』って言われたことも何度もありました。そういう言葉を聞くと、心の中で力がすーっと落ちていくんです。そんな時に、このお医者様にも障害児が産まれれば、私の気持ちがわかるのにって思いました。でも……子どもに責任はないんです。子どもは悪くありません。私の主人はゆったりと構えた人で、『まあ、いいじゃないか、色々あったって、ゆっくり育てていこうや』と言ってくれました。主人の母もそうでした。『この子なりに育てていきなさい』って言ってくれました」

3　高齢化する親子

キッチンの仕事を終えた母親たちが作業机に集まって来た。母親の一人ひとりに、子どもの知的障害の歴史を伺っていく。子どもの年齢は最も若くて三十四歳。四十代が多く、由紀子さんの五十歳が最年長だった。話を聞いてみると、意外なことに先天性の知的障害は由紀子さんを含めて二人だけだった。残る人たちは、小児期の脳炎や外科的な病気の後遺症でてんかん発作をくり返し知的障害になっていた。

だがこれはよく考えてみれば当たり前の話だ。心身障害というのは決して先天性のものばかりではない。子どもでも大人でも、私たちはいつでも障害者になる可能性がある。話を広げれば、交通事故の後遺症でも、歳を取ってからの脳血管障害の後遺症でも、同じことだ。

母親たちが集まって子どもの障害の話をしているうちに、話題はいつしか高齢の話に移っていく。母親自身の話でもあり、子どもたちの成人病の話でもある。だから親の話をしているのか、子どもの話をしているのか、お互いに混乱しながら会話している。私が尋ねるまでもなく、老々介護に話の焦点が向かっていく。

実は林さんの前には別の母親が「しあわせの家」の代表を務めていた。木村さんという女性で、彼女には一九六五年生まれのダウン症の娘、佳奈さんがいた。佳奈さんの知能は比較的高く、いろいろなことが割合と自由にできる人だった。読み書きもできたし、歌も唄った。

だが今から七年前、木村さんは肺がんにかかった。診断が付いた時、腫瘍は脳に転移した末期の状態だった。脳への放射線照射のあとで抗がん剤治療をおこなったが、抗がん剤の副作用でたちまち体調が悪化し、全経過七カ月で木村さんは亡くなった。早くに父親を亡くしていた四十歳の佳奈さんは一人残された。彼女には弟がいたが、弟にはやはり家庭がある。佳奈さんはグループホームに入所した。グループホームとは、地域の中の一般住宅でおこなう小人数の介護の形態だ。障害者と介護専門スタッフとの共同生活と言ってもいいかもしれない。佳奈さんはそこから、この「しあわせの家」に通うことになった。

ところが佳奈さんは、心の変調をきたした。朝、起きられなくなった。腹痛も訴えるようになって「しあわせの家」に通えなくなった。心を整えるために精神病院に入院することになったが、これが裏目に出た。自分のことを病人と自覚することで、心がさらに落ち込み、立ち直れなくなっていった。結局、佳奈さんは栃木県の知的障害者更生施設に入所することになった。

林さんは、佳奈さんが気になってしかたない。時々手紙を出すが返事が戻ってくることはない。佳奈さんの話が出たところで一同はしんみりとなった。

林さんが言う。

「かえって昔の方が大規模な障害者の施設が多かったんじゃないでしょうか？　今は施設が少なくなって、グループホームなどができています。以前は、親亡きあとは施設にお願いする……みたいな考え方をする人が多かったのですが、今はどうしたらいいのか。私ももっと若かったら、由紀子をグループホームで鍛えてもらってここに通うという選択もあったかもしれません。でも今は、ここまで親子関係ができてしまうとそれもできません。由紀子なしの生活は考えられないし、親子三人で暮らしていることが娘にも生き甲斐みたいになっているんです。だから先のことを考えると、親亡きあとは、きょうだいの力で施設に入れてもらうという形になると思うんです」

補足すると、知的障害者更生施設の数はこれまで毎年微増傾向にあった。しかし厚生労働省は、福祉施設から地域生活への移行を目指しており、「施設」の入所者数は減り、「家」である障害者グループホームの数が大幅に増えていく予定である。入所型の施設には依然としてその役割があるため、単純な増減ではなく、両者のバランスが重要だという指摘もある。

林さんが続ける。

「私たちの理想は、親子で一緒に入れる施設なんです。老人ホームと障害者の施設が一緒になった場所が欲しいんです。今だって不安ですよ。将来はもっと不安です。由紀子だってもう五十歳ですから、老人になりつつあるんです。老人が、老人の知的障害者と一緒に暮らしているんです。最後は何か、そういう理想の施設に入りたいですね」

母親たちの話は、親子が若かった頃の苦労話に回帰していく。だがそういう話はあまり盛り上がらない。暗い話をしているうちに、そう言えば、あんなことがあったなどと、みんなの口からは楽しい思い出話がたくさん出てくる。やはり楽しい話をしている母親たちの顔は明るく輝いている。

楽しい話をしながらも、誰もが同じような思いを語る、なぜうちの子がこんな目に遭わなければばならないのだろうかと。この思いは私が今までに取材してきた若い親たちにも共通している。障害児を持つということは、この理不尽さから簡単には解放されないということだ。障害を受容するという言葉は安易に使えないと、私は思い知らされた。

4 人生で最悪のこと

林さんの人生は、知的障害の子どもと一緒に歩んだ人生だ。それが人生のすべてと言ってもいい。その人生の中で最良だったことと、最悪だったことは何だろうか。

「一番よかったことは……私たちは転勤をくり返しましたから、由紀子がいてくれたおかげで、特殊学級の先生とか、友だちとか、いろいろなところで仲間ができたことです。そしてこのワークホームをつくったことです。前の代表の木村さんと、大家の鈴木さんと三人でここを立ち上げて、きょうだいのような関係をつくることができました。私、最も辛くて最悪なことは……」

一瞬言葉が止まる。

「由紀子の妹のことです。由紀子の妹は理解のある男性と結婚することができました。そして妊娠したんです。由紀子の知的障害は遺伝病ではありません。ダウン症でもありません。だから別に妊娠には何の問題もないんです。だけど、相手の家族から見たら、障害は障害で、ダウン症も何も同じようなものなんです。障害の家系と見られるんです。それで、妹は自分から羊水検査を受けたんです。その時に私、ああ、障害者の妹ってこんなに辛いのかと初めてわかりました。

私、祈りました、神様に。羊水検査って妊娠四カ月くらいにならないとできないんです。検査の結果に一カ月から二カ月かかると言われたんです。もしそうだとわかったとしても、五カ月を過ぎていますよね。その時はどうするんでしょうか？　それじゃあ、殺人じゃないかと私は思いました。私は羊水検査のことを主人にも言わず、何でもないようにって心の中で神様に祈りました。検査の結果、異常はないとわかってよかったんですが、あれが最悪の経験でした」

林さんが続ける。

「今、話題になっていますよね。出生前診断とかって。あれはどうなんですか？　採血だけで異常がわかると、弱い者はいなくなっていくんですか？　残った障害者は辛いですよ。由紀子のような命のあり方は、神様から与えられた運命なんだと考えて、私は由紀子を育ててきました。でもみなさんはどう判断するんですか？

だけど、障害児を育てたからこそ、その辛さもわかるんです。由紀子の妹があれだけ辛い思いをしていたということを知ると、考えさせられます。妹から、『きょうだいじゃなければわからない』って言われたこともあります。それにしても、産まれる前から優劣が付けられて、劣ったものが間引きされる社会が来るとしたら、それはちょっとどうかなと思います」

すべての話を聞き終えたあとで、林叡子さんに、朝陽君の家族へのメッセージを語ってもらった。

「私、障害児を持って、今は悪いと思っていません。由紀子のおかげで親の私は成長したと思います。だから、悪いことではありませんから、一生懸命育てて、一生懸命可愛がってください。そう伝えてください」

親亡きあとの障害児の将来に、何か明確な答えや明るい展望が得られた訳ではなかった。だが、障害児と生きた五十年の人生が悪いと思わないという言葉も十分価値あるものだと私には思えた。

私は林さんと一緒にもう一度、一階の作業所に移動した。そこで改めて由紀子さんを紹介してもらった。あまり会話らしい会話にはならなかったが、由紀子さんの顔の小さなしわに、知的障害を生きた五十年間の重さが見て取れた。林さんから頂いたメッセージを大事に受け止めて、「しあわせの家」をあとにした。

第十三章　誕生死した18トリソミーの子

1　ダウン症という生き方

私は多くの人に話を聞く中で、トリソミーという病の原点に立ち戻りたいと思った。この病気の核心にあるのは「短命」という宿命だ。その短命が最も顕著に現れるのが、流産であり、死産であり、そして「誕生死」という名の死の形である。18トリソミーを合併し、なおかつ肺と心臓に重度の奇形を持った赤ちゃんの母親と、私は「18トリソミーの会」を通じて知り合った。出生後に予測される命が短ければ短い程その命の重みが浮き彫りになってくるはずだ。そういった命に対して、家族は何を望み、医療は何をしてくれるのだろうか。

二〇一二年のクリスマスイブの日に、私は都営・新交通システムの車両に乗って、東京都の北の外れに向かった。ご主人の利明さんは柔和な表情で紳士然とした佇まいだ。奥さんの公美《くみ》さんは、華奢な感じの体型で、ショートカットに眼鏡姿。言葉の選び方がとてもシャープだ。

公美さんは二〇〇五年に大学院を修了し、大学で教員をしながらロシア文学の翻訳をしている。二〇〇八年に、公務員の利明さんに出会い結婚した。公美さんは三十九歳、利明さんは四十歳だった。

公美さんは四十三歳で妊娠した。二〇一二年五月十六日、妊娠十二週で公美さんが産院で胎児超音波検査を受けると赤ちゃんのうなじの浮腫《ふしゅ》がやや厚いことがわかった。赤ちゃんにはダウン症を含めた染色体異常の可能性があった。医師は「赤ちゃんについてより多くの情報を知って早めに準備した方がいい」と羊水検査を受けることを勧めた。

公美さんは動揺した。そして同時に、自分はダウン症に関してほとんど知識を持っていないことに気が付いた。そこでインターネットを駆使して情報を集めた。ダウン症の親のつくったホームページを探し、療育にまつわる手記をたくさん読んだ。知らないことがたくさん書かれていたが、公美さんの結論は、ダウン症ならば全然問題なく受け容れられるというものだった。いや、むしろダウン症を歓迎するような気持ちにさえなれた。

それは、ある母親の書いた手記によるところが大きい。その母親は、自分の子どもがダウン症であることをむしろ嬉しいと書いていた。

今の世の中は、何でもスピード優先で、速いものが勝ち、遅いものが破れる社会だ。だがそれでいいのだろうか。公美さんは、いわば社会のエリートとして生きてきた。人と競って先んじる生き方を歩んで来た。だがダウン症の子はそうではない。スタートからして遅れているし、それが当たり前として周囲から認められて育っていくことになる。もしダウン症の子どもが何かを成し遂げれば、その喜びは健常児と比べてはるかに増すだろう。

競争の世の中だからこそ、ダウン症の子の生き方は大事なのではないかと公美さんは考えるようになった。ダウン症の赤ちゃんに魅力を感じた彼女に、羊水検査を受ける理由は全然なかった。利明さんも同じ結論だった。

ところがその後の胎児超音波検査で別の異常がわかった。赤ちゃんの体格が小さいということのほかに、両方の腕の肘から先がほとんどなく、肘のあたりに指が付いているように見えるというのだ。公美さんは、今度は一転して生まれつき四肢に障害を持った子どものことを調べ始めた。そして今度も結論は同じだった。たとえ腕に障害があっても十分に育てていけると確信を持った。

しかし産院の医師は事態をあまり簡単には考えなかった。大きな病院で、もっと精密な超音波検査を受けた方がいいと言って、都内のA病院へ紹介状を書いた。

2　羊水検査を受ける

八月一日、公美さんはA病院を受診した。赤ちゃんは二十三週になっていた。この日の超音波検査で、赤ちゃんには、「先天性横隔膜《おうかくまく》ヘルニア」と「両大血管右室起始《りょうだいけっかんうしつきし》」という診断が付けられた。

横隔膜ヘルニアとは、胸とお腹の境にあたる横隔膜に穴があいている先天奇形だ。そのため腸が胸の中へ入り込む。だが問題はそのことにあるのではない。腸に圧迫された肺は育つことができない。肺が縮こまった状態で産まれてくる。それは実質上、ほとんど肺がないような状態であるため、赤ちゃんは産まれた直後に重症の呼吸障害になる。両大血管右室起始もかなり複雑な心臓の奇形である。心不全になったり、全身チアノーゼになる。従って、赤ちゃんには、心臓と肺という人間にとって最も重要の臓器に重篤な病気があるということになる。

腕が欠けているかもしれないという説明には、公美さんは耐えることができた。しかしA病院を紹介された時あたりから、もしかしたら何か大きな異常が隠れているのではないかという不安を持つようになっていた。そして、腕以外に奇形が見付からないことをひたすら祈っていた。だから、心臓と肺の両方に異常があると言われた時、公美さんは打ちのめされた。生存の望みは極めて薄いと宣告されて、泣きに泣いた。見かねた看護師が空き部屋を用意してくれて、公美さんはそこで泣き続けた。利明さんは寄り添い慰めた。

帰宅した公美さんは希望の光を絶やすまいと、今度は横隔膜ヘルニアと両大血管右室起始について情報を集め始めた。同じ病名でも、軽症の子と重症の子がいる。たとえ重症でも助かった子どももいる。だからそこに期待しようと思った。赤ちゃんがお腹の中で少しでも大きく育ってくれれば、助かる可能性が高まるのではないかと考えた。

健診に行くたびに公美さんは「よくなっていますね」という言葉を待った。だが医師の口からそういった言葉は一度も出なかった。

そうやっておよそひと月が経った頃、公美さんはしだいにお腹の張りを強く感じるようになった。羊水過多症である。

九月十日にA病院に入院となり、その日のうちに羊水穿刺をおこなって、千五百ミリリットルの羊水を抜いた。産科医はその羊水を染色体検査に出すことを提案した。もちろん、二十九週の赤ちゃんを中絶するという選択肢はない。そういったこととは別に、公美さんは赤ちゃんの情報が少しでも欲しかった。もし染色体異常がなければ、赤ちゃんが生きる可能性が増すことになる。夫婦は検査に同意した。

四日後に結果が出た。18トリソミーだった。この結果を踏まえて、病院は、赤ちゃんが産まれてきても治療をおこなわないという方針を固めた。それは公美さんにとっては青天の霹靂《へきれき》であった。そこまでばっさりと治療が打ち切られるとは考えもしなかったし、染色体検査をおこなうことの負の面に初めて気付かされた。

産科医師チームのうちの一人はこう言った。

「生きられないとわかっている赤ちゃんに治療を施したとして、それには一体どういう意味があるんでしょうか？　苦しみを長くするだけですよ。それより自然な形で看取《みと》ってあげて、天寿を全うするほうがいいのではないでしょうか？」

決して冷たい言い方ではなかった。患者家族を思いやって、親身になって言ってくれる。質問を投げかければ、どんなことにも丁寧にわかりやすく教えてくれる。この医師の誠意や優しさには何の不満もなかった。だが、赤ちゃんを治療しないという判断には納得できなかった。

この頃、産科医は利明さんに、18トリソミーの赤ちゃんの治療経験について説明した。

「産科はこれまでに何人かの18トリソミーの赤ちゃんを診た経験があります。ですが、小児外科では18トリソミーの赤ちゃんに手術をした経験はありません。赤ちゃんを治療するならば、これから病院としてどう対応するか勉強しなければいけません」

公美さんには不安の日々が続いた。羊水を抜いたあとの公美さんは切迫早産の状態にあり、そのまま入院が続いていた。

そんなある日、チームリーダーの産科医と話す機会があった。彼は言う。

「18トリソミーだからと言って、何もしないという時代ではもはやないと思うんです。18トリソミーでもがんばって治療していこうという流れが出てきています。何とか、できることをやっていきましょう」

この言葉に公美さんは喜び、期待を抱いた。だが結局その言葉通りにはならなかった。産科医にできることは、安全に赤ちゃんを誕生させることだけだ。横隔膜ヘルニアと両大血管右室起始の治療は、小児科医が主治医になり、小児外科医と心臓外科医がメスを入れる。主治医になるべき小児科から、18トリソミーの赤ちゃんを治療するという賛意は得られず、その産科医は「申し訳ないけど、治療はやはりできません」と頭を下げた。

3　絶望の病室

公美さんは精神的に追い詰められた。当初からずっと大部屋に入院していたが、病室では、産前の妊婦と産後の母親が同部屋だった。そしてさらに母親と赤ちゃんが同室というのが原則だった。

羊水過多でお腹が張った公美さんは、張り止めの点滴をうって、ベッドに寝ている毎日だった。カーテンの向こうからは、赤ちゃんの泣き声、赤ちゃんをあやす母親の声、赤ちゃんを祝福したり、誉めたりする看護師や家族の声が聞こえる。妊婦が入院してきて、赤ちゃんが産まれ、看護師が母乳の指導をして、退院していく。そういう入れ替わりを公美さんはくり返し見るのだった。

公美さんの夢は大それたことではない。赤ちゃんを抱っこして、自分の母乳を赤ちゃんの口から飲ませてやりたい。ただそれだけだ。だが医師からは、赤ちゃんが産まれても口から母乳を飲むことはあり得ないと言われていた。それなのに、カーテン越しに、明るく大きな声で授乳指導がおこなわれている。そのことは耐え難かった。眠れない夜、彼女は点滴台を押して、深夜の廊下をさまよった。

公美さんは思った。自分にあるのは絶望だけだと。

見かねた看護師が急遽、普段は会議に使っている小部屋を公美さんのためにあけてくれた。一人になり、ようやくほっと一息つくことができたが、未来の展望に関しては何の解決にもなっていなかった。この部屋に二日間いたあとに、四人部屋に移った。公美さんと同じ切迫早産の妊婦の隣へベッドが移動になるなど、病院が最大限の配慮をしてくれていることを感じた。だがその部屋でも妊婦はやがて赤ちゃんを産み、母親になっていくことに変わりなかった。

病棟の看護師はみな優しかった。自分に気を使ってくれるのがわかる。だけどその態度そのものが、自分がこの病棟で例外的な存在であることを如実に示していた。感謝する気持ちを持ちながらも、看護師たちに余計な気遣いをさせていることに、彼女は罪悪感と疎外感を味わった。

ある看護師は公美さんに本当によくしてくれた。背中を撫でながら、「何かあったらすぐに呼んでくださいね」と同情を込めて、穏やかな笑顔で語りかけてくれる。ところがその看護師は、一分後には隣のベッドで「おめでとうございます！　可愛い赤ちゃんですね」と祝福の声を上げていた。公美さんは思わず、耳を塞ぎそうになった。

本来であれば、自分は出産を控えて幸せな気持ちで一杯のはずだ。赤ちゃんは今、自分のお腹の中で生きている。それなのに、自分は幸福な気持ちになることができない。だから幸福な気持ちを赤ちゃんに伝えることができない。その心理が公美さんを苦しめた。赤ちゃんに対して申し訳ないという気持ちで胸が張り裂けそうだった。

こんな気持ちが続くならば、いっそのこと点滴を断って、短い時間だけ個室に移り最後の時間を赤ちゃんと一緒に過ごそうかとさえ考えた。だが、そんな考えはすぐに打ち消した。これまでもがんばってきたし、これからもがんばらなければならない。自分は最初に産院で羊水検査を断った時から、ずっと赤ちゃんを産むと決めていたはずだ。自分が何かを選択して、それが赤ちゃんの命を縮めるようなことに絶対になってはならないと思い直した。

4 もう一つの病院

公美さんは「18トリソミーの会」に入会し、メーリング・リストに長文のメールを投げた。自分の心情を切々と語り、本当に自分の赤ちゃんは助かる見込みがないのか、そして、赤ちゃんのことをもっと前向きに考えてくれる病院はないでしょうかと尋ねた。

このメールに素早く反応したのが、ある病院の産科部長であった。部長医師は、「生まれてから何の延命措置もしないという疾患はあるのでしょうか」と語りかけてきた。18トリソミーの赤ちゃんでも可能な限りの治療を施すべきだと言っているのだ。公美さんはその言葉に勇気づけられた。

その部長医師に直接連絡を取り、病状に関する詳しいデータを送り意見を求めた。部長医師は、やはり救命は難しいとの意見だったが、セカンドオピニオンを受けることを勧めてきた。そしてその候補として、B病院の産科を挙げた。その病院の副院長が産科医だった。

18トリソミーの会の親たちから励ましのメールが次々に来た。公美さんは、その応援メッセージを読んで、心を上向きに持っていくことができた。人間というのは、何もできないと諦めてしまうと、気力を失うのだと知った。今はそうではない。自分たちのやるべきことは、赤ちゃんのために最善の病院を見付けることだ。何かできるかもしれないと思うと、意欲が湧く。光が見えた。どん底を抜けたと思った。

セカンドオピニオンは、B病院を含めた三つの病院と決めた。利明さんが、九月二十六日にB病院の副院長を訪ねると、その先生は「赤ちゃんにはできる限りのことをしましょう。ただ、一週間待ってください。関係各科の受け入れ態勢を整えます」と言った。即決だった。

だが夫婦はそのスピードに驚く間もなかった。セカンドオピニオンを受けた日の夕方に、B病院からA病院に連絡が入った。公美さんたちに、「準備はすべて整いました。明日の朝、九時三十分に緊急搬送でうちの病院に来てください」という言葉が届いた。セカンドオピニオンは、B病院だけで十分だった。

転院が決まると、産科のリーダーの医師が現れた。彼は辛そうな表情だった。一度は、「何とか、できることをやっていきましょう」と言ってくれた医師である。なぜ、B病院にできて、自分たちの病院ではできないのだろうと、悔しく思っているように見えた。その医師は、公美さんと利明さんにこう声をかけた。

「B病院の副院長先生は立派な方です。私も尊敬しています。副院長先生が直に診てくれるチャンスなんて滅多にありません。この機会を逃してはいけません」

こうして翌朝、救急車はB病院を目指した。

公美さんはあまりの展開の速さに度肝を抜かれた。利明さんから、副院長先生とのセカンドオピニオンの会話の様子を細かく聞いていたが、それにしても副院長先生の決断の速さと実行力はすごいと思った。この思いは転院してから改めて実感することになる。「医者は迷ってはいけない」「さっさと決めてやり遂げることが、患者に対する本当の優しさだ」という台詞が今でも脳裏に焼き付いている。

B病院に到着すると、公美さんは「母体・胎児集中治療室」の個室へ入院となった。その日の夕方に羊水穿刺がおこなわれ、二千ミリリットルの羊水が抜かれた。

数日経って状態が安定すると、公美さんは分娩準備室と呼ばれる二人部屋に入ることになった。だが、彼女は赤ちゃんの泣き声に苦しむことはなかった。そもそもB病院では、妊婦と産後の母親の病室のエリアが完全に別だったからだ。

公美さんの心は一気に楽になった。自分たちは最善の病院を見付けたと思った。何よりも、赤ちゃんを諦めないでいいと思えることが嬉しい。もちろん、赤ちゃんが助かる見込みが限りなく薄いことはこの病院でも同じだろう。だけど精一杯のことをやってくれるという医師や看護師の姿勢が公美さんの心の苦しみを解き放った。

A病院では、看護師が公美さんのお腹を聴診して「赤ちゃん、元気ですね」と声をかけてくるととても複雑な心境になった。産まれた瞬間に亡くなることが決まっていたからだ。だが今は違う。「元気ですね」と言われると、我が子が誉《ほ》められたように感じて、自然と笑みが出る。赤ちゃんの存在が認められて、生きていていいと言われている気がする。自分のお腹の中に生命の存在をこれまで以上に強く感じ、母としての喜びがどんどん育っていく。

この病院でできないことがあれば、それはどこでもできないだろうと思えた。そう信じられた。自分にとって最善の病院を見付けることができたということは、自分が親として赤ちゃんに最善のことをしてあげられたということだ。そのことに公美さんは安堵し、幸福感を取り戻した。

5 誕生と死と

そして十月九日を迎える。妊娠は三十三週になっていた。

この日は、二回目の羊水穿刺だった。分娩室で処置を受けて、そのまま部屋で休んでいた。分娩室と言っても、殺伐とした部屋ではない。まるでホテルの一室のような内装である。医療器具はすべて棚の中に納まっており、目に触れることはない。ただホテルと違っていることは天井に無影灯が付いていることだ。

横になっている時に公美さんは「あっ」と思った。破水だった。ナースコールを鳴らし、「破水しました!」と叫んだ。たちまち五、六人の看護師がベッドに殺到した。

利明さんはこの日、横浜に出張だった。公美さんは携帯電話を看護師に預けてある。公美さんが頼まなくても、看護師は利明さんに連絡を入れた。だが、つながらない。看護師は何度もリダイヤルし、そのつど公美さんに報告を入れた。

破水すればそれはもう赤ちゃんの命が果てることを意味する。命を救う方法は一つだけ。それは緊急帝王切開だ。もし破水した場合は、手術すると以前から口頭で確認はしてあった。普通は、「説明と同意」というプロセスが必要になる。ところが、B病院の産科医師団はそんな悠長なことはしなかった。瞬く間に何人もの医師たちがベッドサイドに集まり、公美さんは手術室に運ばれた。

背中に針を刺され、硬膜外麻酔がかけられた。医師が鉗子を使って、公美さんの下腹部をつねり、「痛みを感じますか?」と聞く。公美さんは、痛いような痛くないような気がした。そう返事をしようと思ったが、医師は「赤ちゃんが苦しんでいるから切ります。お母さんが痛くても切ります!」ときっぱりと言って、メスを握った。痛くなかった。

母子手帳には、「分娩時間三分」と書かれている。本当にあっと言う間のできごとだった。産まれた赤ちゃんは泣かなかった。

看護師が叫んだ。

「赤ちゃん、産まれましたよ。女の子です。おめでとうございます! これからすぐにNICUに運びます!」

これが二十二時十九分。赤ちゃんを取り出すと、産科医たちは少しペースを落として公美さんのお腹を閉じ始めた。しばらくすると、手術室にNICUの三人の医師が入って来た。「赤ちゃん、連れて来ましたよ!」と医師が大きな声を出した。

赤ちゃんの口には気管内チューブが差し込まれており、医師が酸素バッグを押していた。

「赤ちゃん、見えますか? 触ってあげていいですよ」

そう言って医師は酸素バッグを押しながら、公美さんの顔の近くに赤ちゃんを差し出した。

ようやく会えた。自分の子どもがそこにいた。

公美さんは手を伸ばして赤ちゃんに触れた。おそらく、生きているうちに赤ちゃんに会わせてくれたのだろう。だけど普通の病院ならば、ここまでのことはしてくれないだろうと、医療関係者でない公美さんにも簡単に理解できた。医師たちの心遣いが本当に嬉しかった。医師たちは、

「赤ちゃんの治療を続けます」と言ってNICUに引き返して行った。

やがてお腹の傷を縫い終えると、今度は公美さんがストレッチャーに乗せられてNICUに向かった。赤ちゃんのいる処置台に近付いて行くと、心臓マッサージをしている医師の後ろ姿が目に入った。ストレッチャーは、赤ちゃんのすぐそばで止まった。

新生児科の医師がゆっくり振り返って公美さんを見据えた。

「薬を注射したり、いろいろと手はうっていますが、なかなか自分の力では心臓が動かない状態です。今、心臓マッサージをして、かろうじて心臓が動いているところです。だけど、赤ちゃんの体はとても脆《もろ》いです。このまま心臓マッサージをおこなうと、体にあざや傷が付いてしまうと思います」

モニターの警報音がポーン、ポーンと乱打されている。医師が言葉をつなぐ。

「これ以上やると、痛い思いをさせてしまいますから……心臓マッサージはやめたいと思います。よろしいでしょうか？」

公美さんはうなずいた。「わかりました」と小さな声で言った。

医師たちも看護師たちも、公美さんと共にその場に立ち尽くした。モニターのスイッチが切ら

れて静寂が広がった。二十三時四十三分だった。

その時、ようやく利明さんがＮＩＣＵに駆け込んで来た。医師はもう一度、利明さんに赤ちゃんの最期を説明した。説明が終わって利明さんがうなずき、赤ちゃんの一時間二十四分の命が果てた。

6　産湯に浸る子

気管内挿管チューブやモニターのコードが外されて、赤ちゃんの体はきれいになった。看護師たちは公美さんのために患者用ベッドを分娩室に持ち込み、三十度くらいにベッドの背を立てた。

「カンガルーケアをしましょう」と看護師が優しく声をかけてきた。公美さんはベッドに横たわり、赤ちゃんを正面から抱きとめた。肌と肌が触れあって、公美さんの温もりが赤ちゃんに伝わっていく。時間が過ぎていっても、赤ちゃんの体温が下がることはなかった。

やはり思った通り可愛い顔をしている。だけどそれだけではない。不思議なくらい大人びた顔に見える。想像していた赤ちゃんの姿は、しわくちゃの顔、むちむちの手足、ぽっこりしたお腹だ。でもこの子は幼稚園児くらいに見える。どうしてだろう。この子にとってお腹の中の一時間が一日分くらいだったのだろうか。お腹の中で人生のすべてを駆け抜けていってしまったのだろうか。

温かい赤ちゃんを胸に抱き、公美さんはそんなことを考えながらまどろんだ。朝が訪れ看護師がやって来た。公美さんと赤ちゃんは一日十六万円の特別室に移動になった。「病院の都合ですから料金は頂きません」と言われた。

その部屋に、産科とNICUの看護師が一人、また一人と集まってくる。「可愛い赤ちゃんですね」と声をかけてくれる。「抱っこさせてください」と言って抱いていく。

やがてNICUの師長が現れて、一つのことを提案した。

「産湯《うぶゆ》に浸かって、赤ちゃんを沐浴させてあげたいんですけれど、いかがでしょうか?」

もちろん、公美さんと利明さんに異存があるはずもない。

「沐浴していただけるなら、ぜひお願いします」と二人は答えた。

最初に師長は赤ちゃんの足型を取った。肘から先の腕はあったがやや短縮しており、手首が屈曲していたため、あとになって公美さんが手型を見ると辛く感じるだろうと、敢えて手型は取らなかった。

公美さんは、友人からアロマオイルをプレゼントされていた。入院中に心が落ち着くようにという配慮だ。公美さんはその香りが大好きだった。

「師長さん、このアロマオイルを産湯の中に入れていいですか?」とお願いし、産湯はアロマオイルの花の香りで一杯になった。赤ちゃんはそこで沐浴を受けた。

急な破水だったために、夫婦は赤ちゃんの服を用意していなかった。すると師長が言った。

「ボランティアの人たちが寄付してくれたベビー服があるんです。いくつか持って来ますから、お気に召したものがあったら使ってください」

どうやら、流産を経験した人や未熟児を産んだ母親たちのグループで、裁縫を得意にしている人たちが小さなベビー服をつくって病院に寄贈してくれているらしい。公美さんは、小さなベビー服をひと目見てすぐに気に入り、赤ちゃんに着せた。可愛かった。余りの可愛らしさに、最初は借りるだけのつもりだったが、そのまま着て帰ることをお願いした。

赤ちゃんに、有希枝《ゆきえ》と名付けた。人間というのは希望の生き物だ。それを入院中に嫌というほど感じた。希望が有るのと、ないのとでは、まったく生き方が変わってしまう。赤ちゃんには希望が有るようにという気持ちを込めた。枝が伸びていくように、これからも希望が育って欲しい。

有希枝ちゃんの生命の誕生から終焉までを通じて、公美さんは何を思ったのだろうか。

「A病院の産科の先生からは、『人工呼吸器につながれるのは苦しい、無理に生かすのは苦しみを増すだけ、それよりもお母さんの胸に抱かれ自然に任せる方がいいのではないか』と言われました。それも一理あります。だけど、18トリソミーの会の親御さんたちの手記を読むと、必ずしもそうじゃないんです。人工呼吸器になったり、気管切開になったりした子もたくさんいますけど、『最近、うちの子が笑うんです』っていう言葉が出てくるんです。笑うって大事です。生きててよかった、幸せだって赤ちゃんが言っている一番の証拠だと思うんです。苦しみの中にも、笑う可能性がある子に対して何もしないで否定してしまうというのは、私にはできませんでした」

　公美さんはさらに言葉を続ける。

「病院は、患者に笑顔が出るようにすることが大事なのではないでしょうか？　私は二つの病院の入院生活を経験しました。同じ赤ちゃんをお腹の中に抱え、同じように点滴をして寝ているだけ。ところが、ちょっとした気持ちの持ち方とか、周りの人の接し方で、こんなに見える世界が違うんだと実感しました」

　有希枝ちゃんにとって、何がもっとも幸せだったのだろうか。公美さんはしばし考え込んだ。

「私、早い段階で病気のことを知ってしまったので、あまり幸福な気持ちになれなかったんです。でも、B病院に移ってからの最後の二週間くらいは、本当に心が豊かでした。赤ちゃんもお腹の中で大きくなっていたし、よく動いていました。個室にいる時は、音楽を流したり、ロシア文学の翻訳作業も声に出してやっていたんです。赤ちゃんも聞いてくれてたかなって思っています。私も幸せだったし、赤ちゃんも一緒に幸せを感じてくれていたと思います」

　夫婦にとって最も辛かった出来事はなんだろうか。公美さんが迷わずに答える。

「救命率ゼロ％と言われた時です。病院としては下手に希望を持たせてはいけないという配慮だと思います。その方がいいという判断なのかもしれません。でも、私の気持ちの中では、ゼロはないでしょう？　イチでもいい。医学的にはイチもゼロも同じかもしれません。だけど、ゼロという言葉は本当にきつかったです」

絶対に可能性がないということですから、せめてイチ％くらいのことは言って欲しかった。ゼロ公美さんは二十九週の時点で羊水穿刺を受け、その羊水を利用して染色体検査を受けた。夫婦にしてみれば、少しでも赤ちゃんの情報が欲しいという一心だった。だが、妊娠中絶が不可能な週数に染色体検査をおこなうことが正しいのか、これは医者の間でも議論がわかれるはずだ。産まれる前に赤ちゃんの染色体の情報を得ることには、どういう意味があるのだろうか。

公美さんが語る。

「18トリソミーと知ってよかったことは何もありませんでした。知ることでこれほど苦しむとは想像もできませんでした。今から思うと、知らない方がよかったですね。最近、新型出生前診断に関するニュースが新聞にかなり掲載されました。ちょうど私の妊娠の時期と重なっていたので、とても他人事とは思えませんでした。今でも気になっています。

私は、もっと多くの人に病気や障害に関する知識を持ってもらいたいと思います。今は無知や偏見の方が多いのではないでしょうか？　私自身も今回の経験を通して深く考えるようになりました。娘のおかげで私は、病気や障害を抱えた人たちに対する偏見や無関心を捨てることができました。だから十分に知った上で、障害児を望まないというのであれば、私はそういう決断をした親を責める気持ちはありません。妊娠して初めて出生前診断を知るのではなく、結婚する前、いえ、もっと前に、学校で教育を受ける段階で、命とは何かを学んで欲しいと思います。

私はすべてのことをやり遂げたという気持ちがあるから、今は意外と辛くないんです。もちろん、淋しいし、生きていて欲しかったけど、有希枝なりに精一杯生きたというのがわかるんです。私も主人も、お医者さんも精一杯やった。だからこれ以上生きていてなんて、とても有希枝には言えません。有希枝に『よかったね』って言ってあげられるし、後悔は何もありません。もし今度妊娠して同じ運命の子だったらですか？　きっと産むことを選択すると思います」

私はリビングルームの中央の壁際に置かれた仏壇に手を合わせた。有希枝ちゃんの写真が添えられている。戒名は、妙幸嬰女。有希枝の「ゆき」を「幸」に置き換え、来世で幸せになって欲しいという思いが込められている。納骨はまだ済ませていない。一年間は一緒にいたいそうだ。

最終章　二歳の誕生日

1　幸福の形

二〇一三年になり、朝陽君の歯はさらに増えた。それが痒いのか、盛んに指を口にもっていく。そのため歯肉から出血することがあった。桂子は朝陽君の両手に手袋を付けてみた。その手袋を体や顔にこすりつけて巧みに脱いでしまう。靴下もきらいで足を盛んに振る。手袋と靴下がうっとうしい時は、両手両足をばたばたと激しく動かす。全身でもがいているように見える。朝陽君がベビーベッドから落下しないように、桂子は時折ベッドの柵を上げるようになった。

笑顔が大きくなった。桂子がお兄ちゃんと朝陽君の三人で入浴した時、シャワーを浴びた朝陽君は高笑いするように大きな声を上げた。桂子とお兄ちゃんはびっくりして顔を見合わせてしまった。その大きな笑顔があまりにも豪快で気持ちよさそうだったので、桂子は自分たちだけでこの笑顔を独占してしまうのはもったいないと思った。朝陽君に関わるすべての人に見せてあげたかった。

咳をすることが上手になった。喉にゴロゴロと引っかかった痰を、はっきりとした咳で口の中に出すようになった。その痰を桂子や展利が吸引しようとすると、朝陽君はゴクリと喉を鳴らして飲み込み自分で処理してしまう。吸引の回数が少し減った。

体温の上下動が減った。平熱が一定の範囲の中で安定するようになり、以前のように急に発熱したり、かと思えば解熱したりするようなことがなくなった。桂子は自信を持って、サチュレーション・モニターを外すようになった。朝陽君の顔色を見れば、大体の呼吸状態を把握できるようになっていた。顔色のわずかな変化を読み取って、モニターが必要と思える時や、家事の都合でしばらく朝陽君から離れる時に、モニターを足に巻くようになっていた。モニターをしていない時間が長くなった。

最も懸念された無呼吸発作は自宅へ帰ってから、結局、二〇一一年の十二月に一度起きたきりだった。二〇一二年の十月以来、肺炎も痙攣も起きていない。張りつめた空気が和らいでいた。

二〇一三年二月、厳冬の一日、私は朝陽君の自宅を訪れた。私はこれまでに書き続けてきたノートを広げて、障害児を介護している親、あるいは子どもを失った親の思いを桂子と展利に時間をかけて伝えた。それぞれの家庭にはそれぞれの形の幸福がある。その幸福を自覚するためには何年もかかった家族もいるし、誕生の直後に子どもを失った公美さん夫婦のような人もいた。辛い思いをしていない家族など、一つとしてない。だが、どこかの時点で必ず家族なりの幸福をつかんでいる。それは子どもを失った公美さんたちでも同様であった。

私が朝陽君の家族に話を聴きたいと思った原点には、「『短命』と定まっている朝陽君を育てることで、家族はどのような形の幸せを手にすることができるのか」という問いかけがあった。およそ一年前、私の質問に対して、桂子は「朝陽が産まれて、家族の幸せって何だろうとつくづく考えました。幸せの意味とか、何を以て幸せと言えるのかなって……」と言ったまま言葉を途切れさせた。その答えは形になりつつあるのだろうか。

桂子は少しの間、考え込んだ。そしてゆっくりと語り始めた。

「朝陽にとっての幸せの意味とか、私たち家族にとっての幸せの意味が本当にわかったのかどうか、正直なところはっきりしません。もしかしたら、私たち夫婦の人生が終わる時にならないとわからないかもしれませんね。だけどこれだけは間違いないと思ったことがあるんです。それは、普通が一番大事だということです。家族全員が家の中に集まって、家族全員が笑っていることがどれだけ素晴らしいか、それをつくづく思い知らされました。何か一つが欠けてしまうと、普通の状態はすぐに崩れてしまうんです。私たちの日常の普通ってものすごくもろい所でぎりぎりにバランスをとっているような気がします」

「朝陽君を育てる中でそれを感じたということですね？」

「ええ。それを朝陽から学びました。だから、朝陽はそういうことを教えてくれるために我が家に来てくれたのかなと思います。そして朝陽のおかげでたくさんの人にも出会えたんです。お医者様や看護師さんはもちろんですけれど、医療関係者だけではありません。朝陽の介護に関する手続きで何度も区役所へ行くんですけれど、そこでもいい出会いがたくさんありました。お役所って固いイメージがありますけど、何度も通っているうちに親身になって相談に乗ってくれる人が増えていくんです。そういうことも朝陽が用意してくれたのかなって感じるんです」

「朝陽君が家族に加わったことで、幸せの枠がもう一つ増えたということですね？」

「朝陽は病気で産まれてきましたけれど、そのおかげで知ったこともあります。私は両親を病気で亡くしています。その時に健康の大事さを痛感しました。だけど、朝陽はそれとはまた違った健康のありがたみや命の尊さを教えてくれました。赤ちゃんが、健康で普通に産まれてくるって、それ自体が奇跡みたいなものなんだなって」

私はその言葉を聞いて、誕生死を経験した公美さんの言葉を思い出していた。『生きているだけで幸せとはなかなか実感することは難しい。だけど、障害児を育てていく人生では、生きることの尊さを感じ取ることができる。そういった命を守って育むのは素敵な生き方だ』というのが公美さんの想いだった。

桂子は話題をお兄ちゃんに移した。

「朝陽は、お兄ちゃんにもいろいろなことを教えていると思います。お兄ちゃんのこれからの人生には、必ず障害者との出会いがあるはずです。お兄ちゃんはそういう場面できっと何かを感じ取って行動をしてくれると思うんです。そういう大人になって欲しい。いえ、なってくれると信じています」

朝陽君が産まれて四日目のＮＩＣＵで、初めて朝陽君を抱っこした瞬間、桂子は何かがわかったと言った。あいまいだったその何かが、今、形になりつつあるようだ。

私は「短命」という運命の意味をさらに問うてみたかった。

「朝陽君が産まれてきたことの意味とか、朝陽君が果たす役割は、ずいぶんはっきりしてきましたね。ですが、悲しいけれど短命という運命からは逃れられません。命の持ち時間が短いことに対してどんな思いを持っていますか？」

「それはなるべく考えないようにしています。考えると気持ちが落ち込むので。だけどせっかくもらった命ですから、大事にしたいです。朝陽もがんばって生きていますから、私も精一杯後押ししようと思っています」

私が大学病院に勤務していた時、がんに冒された八歳の男の子の末期を看取ったことがある。余命三カ月と私が宣告してから、その子は少量の抗がん剤を使いながら二年を生き抜いた。その姿は、最後の残り火をすべて燃焼し尽くすような毎日だった。

桂子はうなずいた。

「そのお母さんの気持ちが想像できます。私も一日一日がとても濃いんです。朝陽が何か特別な表情をしたりすると、それを頭に焼き付けておこうと咄嗟に考えます。自分が感じた気持ちを取っておこうとします。いつかこの顔を見ることができなくなるという意識がありますから。生きることの意味を深く追求するというよりも、今、こうして生きているのだから、その命を精一杯生きることが大事だと思います」

「障害児を受け容れる心理ってどういうものでしょうか？　朝陽君が産まれた時に、お母さんは13トリソミーであるよりも健常児の方がよかったと思ったはずです。だけどどこかで、価値観とか常識の変化があったはずです。それが受容というものではないですか？」

「どうでしょう？　そういうふうに難しく考えたことはありません。朝陽が産まれる前、私はお兄ちゃんと一緒に教育テレビの障害児向けの番組をよく観ていたんです。何となく関心はあったんですね。だけど傍観していたようにも思えます。でも今は当事者ですから考え方が変わりました。それが新しい価値観とか新しい常識と言うのなら、そうかもしれません。町で障害者を見かけたら手助けするかもしれません。こういう人生は予想もしていませんでした。誰にも未来はわからないし、障害児ではなおさら未来がわからないと思います」

「わからないとすればどう生きますか？」

「わからないからこそ、今日を丁寧に生きるということですよね」

桂子はごく普通に言ったが、その表情は穏やかで何か自信のようなものを感じさせた。

私と桂子の会話を黙って聞いていた展利に、私は向き直った。

「朝陽君を家族に迎えて、幸福の意味合いって変わりましたか？」

展利は微かに笑った。この質問は三度目だからだ。

「何も変わりませんね。家族が一人増えたということです」

答えは三回とも同じだった。ただ展利の顔つきにも自信が増しているように見えた。

私は、しあわせの家で預かってきた『悪いことではありませんから、一生懸命育てて、一生懸命可愛がってください』という林さんの言葉を伝えた。

「本当にありがたいです」と言って、桂子は瞳を潤ませた。

2　出生前診断は受けない

母親の血液中に混じった胎児のＤＮＡを利用した新型出生前診断が始まろうとしている。以前に話を聞いた時、桂子は染色体異常の有無を知ろうとする母親の気持ちが理解できると言った。それはおそらく桂子の他者への優しさからくる言葉であろう。では桂子は、自分自身の出生前診断をどう捉えているのだろうか。

「私は望みませんね。自分はそういう検査は受けませんが、その検査を受けたい母親の気持ちはとてもよくわかるんです。障害を持った子を授かるのは辛いと感じる人がいるのは当たり前だと思います。

朝陽を妊娠している時に、13トリソミーとわからなかったのですが、それでよかったと思っています。もし、知ったらすごく辛かったはずです。前もって知っていれば心の準備ができると言う人もいますが、それはちょっと違うような気がします。13トリソミーの赤ちゃんが産まれてくれば母親はとても苦しい訳ですから、せめて妊娠中はそういう苦しみを味わわないでいた方がいいのかなって。

私は朝陽が産まれたあとで、いろいろな人から『何で羊水検査を受けなかったの？　産科の先生から検査を勧められなかったの？』って何度も聞かれました。だけど私にすれば、検査してどうするの？という気持ちです。知ったところで、朝陽の命を絶つなんていう選択肢はなかったんです。

私の友人で、もし赤ちゃんの染色体に異常があったら妊娠を諦めると決意した上で、羊水検査を受けた人がいるんです。その人はものすごく苦しんでいました。罪悪感を感じていたようです。『桂子さん、あなただったらどうする？』って聞かれたので、私は『どんな赤ちゃんでも産む』と答えました。だけど同時に、それは私の考えであって、『押し付ける気もないし、非難する気持ちも全然ない』と言いましたね。結局その友人は健常な赤ちゃんを産みました。そしてその数年後に私は朝陽を産んだんです。彼女も私もそういう生き方を選んだのだし、私はそういうふうにしか生きられないので、それでいいと思っています。

新型出生前診断ではダウン症が妊娠中にわかるって盛んに報道されていますけど、なぜ、そんなに障害を持った子が否定されるのでしょうか。それがよくわかりません。もしかしたら私たちは自分の子どもに自分の老後を見てもらおうと最初から考えているから、そういう子を望まないのかもしれません。障害児が成長してからの老々介護が大変というのは確かにわかりますけど。

私は若くに両親を亡くしてとても辛い思いをしました。周りからも『大変だね、苦労したね』って言われます。もし今でも元気だったら、朝陽の介護を手伝ってくれたのかなと思ったりします。現に主人の両親が手を貸してくれますし。でも同時に正反対のことも考えてしまうんです。今、仮に私の両親が生きていて介護が必要な状態だったら、一体どれ程大変だったのかなって。

生きていればかなりの高齢ですからね。もちろん両親にはずっと生きていて欲しかったんですが、私が今、朝陽の介護に専念できるのはあらかじめ神様に決められていたのかなっていう気がするんです。そういう定めだったように感じてしまうんです。

そう思うと、人生って案外難しいですよね。生きていくってそんなに簡単なことじゃない。だから普通に家族が揃って笑っていられることが、一番の幸せなんだと思います」

桂子の話を聴き終えて、私は朝陽君の写真を撮らせてもらうことにした。これまでにも何十枚と撮影してきた。桂子が朝陽君を抱き上げて、二人でレンズに顔を向ける。何枚か撮影したところで桂子が朝陽君の顔を覗き込むようにじっと見詰めた。慈しんでいた。私は最後の一枚のシャッターを切った。

二〇一三年二月二十一日、朝陽君は二歳の誕生日を迎えた。一五九七グラムで産まれた体は、八三一〇グラムにまで増えていた。誕生祝いは、大好きなお風呂だと決めていたが、この日に限って風呂釜が故障するというハプニングがあった。だがそんな落胆はささいなことだと桂子は思った。二年前には、明日を生きることが叶うかどうかもわからない毎日だった。あの頃の日々を振り返って考えれば、夫婦にとって二歳の誕生日は天からの祝福の日と言ってもよかった。

あとがき ～何を感じながら執筆したか～

本書は、偶然がもたらした多くの人との出会いによって完成したように思う。

初めて朝陽君の自宅を訪ねる前に、私は「可能な限り朝陽君の家族に寄り添いたい」と思い、家族の話に耳を傾けること自体が「朝陽君の命を鼓舞する応援のエールになる」と信じていた。その思いは今でもまったく変わっていないが、実は私には、二つの予断があった。

それは、朝陽君の障害を受容することは両親にとってかなり難しいだろうという思い込みと、障害の重さを考えれば数カ月の時間の向こうには朝陽君の命は存在していない可能性が高いという当て推量だった。だから、朝陽君と関わるならば、この子の人生の最後の最後までを見届けたいという気持ちがあった。そして聞き書きを始めた時点で、最終的にそういった形の本ができるのではないかとおぼろげに想像していた。だがまったくそうはならなかった。

なぜ私は先を見通せなかったのだろうか？　それは、私が確固たる生命倫理観を自分自身の中に築いておらず、きちんとした準備もせずに、話を聞き始めたからだろう。そして朝陽君の両親の言葉を耳にしてすぐに、私は大変な不安感にとらわれた。それは朝陽君の周辺にいる人間の中で、13トリソミーという障害に対して最も偏見を抱いているのは、医者たる自分自身なのではないかと疑い始めたからである。

私は本稿とは別に、自分が大学病院に在籍していた当時の新生児外科症例の手術記録を書庫から引っ張り出し、生命倫理を巡って両親と対立した症例を原稿に書き出してみた。生命とは直接関係のない「見た目」の奇形を理由に、命に関わる先天奇形の手術を拒否する親との激しい軋轢なども何度か経験した。「産まれたきた命は、誰かの所有物ではない。親のものではなく、赤ちゃん自身のものだ」と私たちは考えていた。それ自体は間違っていないだろう。けれども、そんなありきたりの言葉に心が動かされて、重度の障害を有する子どもを親は受け容れることができるだろうか？　私はその問いに対する答えを持っていないことに気が付いたのであった。

朝陽君に寄り添いたいという気持ちは最後まで強く持ち続けていたが、それだけでは「障害児の受容」という命題に答えられないと悟り、私は、ゴーシェ病やミラー・ディッカー症候群の子どもの家庭を訪れた。母親の言葉を拝聴するうちに、私は一人の医者であると同時に、道を問う一個人になっていたように思える。私の中の曖昧な生命倫理観はいったん解体され、私は自己の中に新しい価値基準をつくり上げたような感触を得ていった。

「しあわせの家」で、知的障害の「大人」を持つ5人の母親たちに話を伺った時は衝撃的な思いをした。一つひとつの話が重く、各家庭に壮絶なドラマがあった。聞き取りは長時間となり、当初はすべての家族の物語を文字にしたが、原稿量の規格に従い一つの家族だけに話を絞らざるを得なかった。そしてこの頃から、私は、今回の原稿をどんなことがあっても世に出さなければならないという義務感のようなものを感じるようになった。

誕生死した18トリソミーの赤ちゃんの物語は、両親に話を伺いながら落涙しそうになった。そんな自分を医者として甘い姿勢だと感じたが、澄んだ心で自分は患者家族に学べばいいと思い直した。私の中に芽生えた新しい生命倫理観は、「有希枝」ちゃんという名前がイメージの中で空に向かって伸びていくように、私の中で育っていった。

障害新生児を授かるというのは誰にとっても耐えがたい不条理な苦痛である。しかしだからと言って、子どもを手放したり家庭を捨ててしまう親はほとんどいない。逃げることは叶わずその辛さに向き合わざるを得ない。長い時間をかけて、受け容れたり反発したりしながら、徐々に前へ進んでいく。医療関係者はそのことを知らなければならない。建前だけの倫理で家族を説得し従わせるのは実は倫理的ではない。時間はかかっても、両親はやがて新しい価値基準を構築し始めるはずだ。家族が悲哀の底から立ち上がるのを、待ち続ける根気を医師は持たなければならない。

朝陽君の二歳の誕生日に自宅を訪問して話を聞いた時、桂子の言葉は、よそ行きの美辞麗句ではなく、誠実で温かみに溢れていた。認めて、乗り越えて、承認して、ある地点に到達した人の言葉だった。桂子の佇まいは、障害児を抱える母親という姿を超越し、私には神々しくさえ見えた。

障害新生児の家族は孤立して生きていくことはできない。また決して孤立してはいけない。医療・福祉・教育の関係者たち、あるいは友人や親族・近隣の人たちと共に生きていくと決めることが、家族の新たな出発となる。その手助けを医療の面で実践していくことが、医者にとっての生命倫理であろう。倫理は思弁ではない、行動である。私はそういうことを学んだ。
短命と定まっている朝陽君の物語の聞き書きは、当初の予測に反して、彼の生きる記録となった。受容できない家族を描くのではなくて、不条理を超えていく家族の姿が浮かび上がった。何人もの障害児（者）との出会いは、ほとんどすべてが偶然によるものだ。つまりこの作品は偶然が触媒し、生き物のように成熟し、自ら形になっていったように思う。

第二十回小学館ノンフィクション大賞を受賞し、気の早い人は、次回作は何を書くのかと聞く。だが私は自分からは何も書かない。次の出会いがあるまでひたすら待つだろう。その出会いは一年後かもしれないし、永遠に訪れないかもしれない。だからこうした聞き書きは、本作が最後になる可能性もある。結局のところ、私はあくまでもごく普通の「医者」であり、自分から題材を探索して文章を書く「作家」ではない。だから無理をして何かを書く必要はないだろう。

最後に朝陽君の現在の様子を伝えておこう。
両親から最後に話を伺った一週間後に、朝陽君は呼吸停止となった。救急車で緊急搬送され、海浜病院に入院して処置を受けた。酸素バッグで呼吸は元に戻ったものの、その数日後の深夜に、朝陽君の心臓は一瞬、停止しそうになった。自宅に帰っていた両親は急いで病院に駆けつけた。運命はまだまだ朝陽君の味方だった。朝陽君の心拍はすぐに回復し、脳にダメージを残すようなことはなく、無事に退院することができた。現在は、自宅のベビーベッドの上で、手足をばたつかせて以前のように笑顔を見せている。
二歳の誕生日から八カ月が過ぎた。酷薄な言い方になるかもしれないが、朝陽君は短命という宿運から逃れることはできない。だが、私は朝陽君の最期を皆さんにお伝えしたくない。今後も、読者やメディアの方から、いま、朝陽君はどうしていますかという質問を受けるだろう。私はこの「あとがき」を最後に、その質問には一切答えないことにする。

本作の骨格をつくり上げるにあたって友人の中満和大さん（講談社）に多くの助言を頂いた。障害胎児・障害新生児の生命倫理に関して専門家から多数のご教示を賜った。橋都浩平先生（ドリームインキュベータ常勤監査役・前東京大学医学部小児外科教授）、長田久夫先生（千葉大学医学部附属病院周産期母性科診療教授）、田邊雄三先生（そがこどもクリニック院長）、大曽根義輝先生（君津中央病院新生児科部長）には長時間、お話を伺った。作品の仕上げには小学館の根橋悟さんにお世話になった。関係するすべての方々に心から感謝申し上げたい。

今季二回目のインフルエンザ・ワクチンを朝陽君にうった日に、自宅の書斎にて
二〇一三年十一月十六日
松永正訓

第20回小学館ノンフィクション大賞 大賞受賞作

松永正訓《まつなが・ただし》

医師。1961年、東京都生まれ。1987年、千葉大学医学部を卒業し、小児外科医となる。小児がんの遺伝子研究により医学博士号を修得。日本小児外科学会より会長特別表彰（1991年）など受賞歴も多い。2006年より、「松永クリニック小児科・小児外科」院長。本作にて2013年、第20回小学館ノンフィクション大賞を受賞。著書に『命のダイアリー 小児がんを乗り越えた少年・少女たち』『がんを生きる子 ある家族と小児がんの終わりなき闘い』（ともに講談社）、『小児がん外科医 君たちが教えてくれたこと』（中公文庫・『命のカレンダー 小児固形がんと闘う』を改題）がある。

運命の子
トリソミー　短命という定めの男の子を授かった家族の物語

2013年12月25日　初版第1刷発行
2022年3月12日　第4刷発行

著者　松永正訓
発行人　川島雅史
発行所　株式会社小学館
〒101-8001 東京都千代田区一ツ橋2-3-1
編集03-3230-5578
販売03-5281-3555
印刷所　萩原印刷株式会社
製本所　株式会社若林製本工場

ISBN 978-4-09-396527-9